星《ほし》カフェ

あなたがいたから

倉《くら》橋《はし》燿《よう》子《こ》／作　たま／絵

講談社 青い鳥文庫

もくじ

Contents

おもな登場人物《とうじょうじんぶつ》

Characters

水庭《みずにわ》 湖々《ここ》

この物語《ものがたり》の主人公《しゅじんこう》で中《ちゅう》2。双子《ふたご》の妹《いもうと》。内気《うちき》で、人《ひと》づきあいがニガテ。

水庭《みずにわ》 流々《るる》

双子《ふたご》の姉《あね》。スポーツ万能《ばんのう》で、活動的《かつどうてき》。どこにいても目立《めだ》つ存在《そんざい》。

市村《いちむら》 碧《あお》

中《ちゅう》3。流々《るる》のスケートボード仲間《なかま》。明《あか》るく、気《き》さくなキャラで、女子《じょし》に大人気《だいにんき》。

桐ヶ谷《きりがや》 優音《ゆうと》

中《ちゅう》2。私立中学《しりつちゅうがく》に通《かよ》っている。湖々《ここ》の両思《りょうおも》いの相手《あいて》。ピアノを弾《ひ》くのが好《す》き。

これまでのお話《はなし》

Story so Far

学校《がっこう》では、ほぼ、〝ぼっち〟のわたし。

学校《がっこう》以外《いがい》に、居場所《いばしょ》があったらいいな

と思《おも》って始《はじ》めたのが、**『星《ほし》カフェ』**。

おかげで、クラスメイトだったシュリと仲良《なかよ》くなれたし、

学年《がくねん》がちがう新《あたら》しい友《とも》だちもできた。

お父《とう》さんのアメリカへの転勤《てんきん》が決《き》まり、**ルルもアメリカへ。**

日本《にほん》に残《のこ》るわたしは、親戚《しんせき》のユキノさんと、

娘《むすめ》で小《しょう》3のヒメちゃんと暮《く》らすことに。

ところが、ヒメちゃんはわがまま放題《ほうだい》、学校《がっこう》では学級委員《がっきゅういいん》に

なってしまって毎日《まいにち》ヘトヘト。

交通事故《こうつうじこ》にあった**海老原《えびはら》さんを心配《しんぱい》するユウト君《くん》の**

姿《すがた》を見《み》て複雑《ふくざつ》な思《おも》いをかかえていたけれど、

ユウト君《くん》が**まっすぐに気持《きも》ちを伝《つた》えてくれて……。**

あなたがいたから

1 三つのサプライズ

「あれっ？」

玄関《げんかん》のドアを開《あ》けたとたん、違和感《いわかん》を覚《おぼ》えた。

家《いえ》の中《なか》が暗《くら》い。

それに、すごく静《しず》かだ。

「ヒメちゃん？」

留守番《るすばん》をしているはずの、親戚《しんせき》の小川姫《おがわひめ》ちゃんに声《こえ》をかける。

わたしが買《か》い物《もの》に出《で》かける前《まえ》、小三《しょう》のヒメちゃんは動画《どうが》を観《み》ながら、ノリノリでダンスをしていたのに、部屋《へや》の中《なか》からは物音一《ものおとひと》つしない。

「お～い、ヒメちゃーん？　寝《ね》ちゃってる……？」

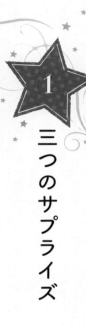

ヒメちゃんが使《つか》っている部屋《へや》をのぞく。けれどやっぱり姿《すがた》はない。

どの部屋《へや》の電気《でんき》も消《き》えているし、窓《まど》の外《そと》も雨雲《あまぐも》が広《ひろ》がっているせいで、どんよりとして見《み》える。

なんだか……、不気味《ぶきみ》な感《かん》じだ。

「買《か》い物《もの》から帰《かえ》ったよ～。」

気分《きぶん》を切《き》りかえようと、無理《むり》やり足音《あしおと》をたてながらリビングに向《む》かう。

暗《くら》いろうかの奥《おく》にある、リビングのドアを開《ひら》いた。そのとき――、
パンッパンッパンッ！

はじけるような音《おと》といっしょに、部屋《へや》がパッと明《あか》るくなる。

「わっ！」

宙《ちゅう》を舞《ま》うシルバーとゴールドのテープが、光《ひかり》をきらめかせながらふってくる。

その向《む》こう側《がわ》で、ヒメちゃんがクラッカーをかまえて笑《わら》っていた。

「ええっ!?」

おどろくわたしの前《まえ》に、双子《ふたご》の姉《あね》、流々《るる》のスケボー仲間《なかま》で一つ年上《としうえ》の市村碧君《いちむらあおくん》が飛《と》び出《だ》

してくる。

「ハッピーバースデー、ココちゃん！　サンッ、ハイッ！」

アオ君《くん》が指揮者《しきしゃ》のように両腕《りょううで》を大《おお》きくふりあげると、ピアノの前《まえ》にすわっている桐ヶ谷《きりがや》優音君《ゆうとくん》が伴奏《ばんそう》を始《はじ》める。ユウト君《くん》は同《おな》じマンションに住《す》む、私立中学《しりつちゅうがく》に通《かよ》う同《おな》い年《どし》の男《おとこ》の子《こ》。

部屋《へや》の中《なか》には、一つ年下《としした》のノカちゃんこと日下部穂乃果《くさかべほのか》ちゃんもいて、みんながバースデーソングを歌《うた》いだした。

そうだ。きょう六月《がつ》十八日《にち》は、わたし――水庭湖々《みずにわここ》とルルの十四歳《さい》の誕生日《たんじょうび》。

「うわあ……。」

やっと状況《じょうきょう》を理解《りかい》したとたん、うれしさがこみ上《あ》げてくる。

だけど、きょうみんなと会《あ》えるなんて思《おも》ってもみなかったから、おどろきとよろこびで、どうしたらいいかわからない。

歌《うた》が終《お》わりにさしかかると、ノカちゃんがどこからかケーキを運《はこ》んできた。

いちごのショートケーキの上《うえ》に、十四本《ほん》のロウソクが立《た》っている。

「ハッピーバースデー、トゥーユー♬」

みんながばっちりと声《こえ》を重《かさ》ねて歌《うた》い終《お》えると、

「お願《ねが》い事《ごと》をして。」

ヒメちゃんが目《め》をキラキラさせて言《い》った。

「うん。ありがとう……。」

それはすぐにうかんでくる。

『来年《らいねん》も、大好《だいす》きなみんなといっしょにいられますように！』

わたしは心《こころ》の中《なか》で思《おも》いっきりさけぶと、そのままのいきおいでロウソクをふき消《け》した。

ここまででも最高《さいこう》にうれしいお祝《いわ》いなのに、バルコニーには、テーブルの上《うえ》に、すでにたくさんの料理《りょうり》が用意《ようい》されていて、言葉《ことば》も出《で》ない。

からあげやポテトフライ、サンドイッチやおにぎりまで、それぞれが家《いえ》で作《つく》ったものを持《も》ちよってくれたらしい。

「うわあ、おいしそう……。」

「みんなでココをおどろかせようって、計画《けいかく》したんだよ。」

ユウト君《くん》がニコニコしながら言《い》った。

「そうそう。ユウト君《くん》が『ココの誕生日会《たんじょうびかい》をしたい。』って言《い》いだして、だったらサプライズパーティーでびっくりさせようって話《はなし》になったんだよね。」

アオ君《くん》がみんなに声《こえ》をかけると、

「ユウト君《くん》の家《いえ》にみんなで待機《たいき》させてもらっていたんだ。ヒメちゃんが、ココちゃんが買《か》い物《もの》に出《で》かけたって伝《つた》えに来《き》てくれたタイミングで、おじゃまさせてもらって、急《いそ》いで用《よう》意《い》したの。」

ノカちゃんが興奮気味《こうふんぎみ》に説明《せつめい》する。

「そんな計画《けいかく》を立《た》ててくれていたなんて、まったく気《き》がつかなかった……。」

ヒメちゃんを見《み》ると、ほこらしげな顔《かお》をして、さっさと席《せき》につく。

アオ君《くん》にうながされて、誕生日席《たんじょうびせき》にすわると、ユウト君《くん》が大《おお》きな紙袋《かみぶくろ》から花《はな》を取《と》り出《だ》した。

「ココ。これ、みんなからのプレゼント。」

水色《みずいろ》のアジサイの鉢植《はちう》えだ。

あわい黄色《きいろ》のリボンがかけられ、そのすきまにはメッセージカードがささっている。

「うわあ……。すっごく、すっごくキレイ……。」

両手《りょうて》でだきしめるように鉢《はち》をつつむ。

みんなの気持《きも》ちがあたたかくて、じわっと涙《なみだ》がこみあげてくる。

「涙《なみだ》、いただいちゃいました〜。」

アオ君《くん》が声《こえ》をはずませると、ユウト君《くん》もいたずらが成功《せいこう》したような顔《かお》で笑《わら》った。

「サプライズ、大成功《だいせいこう》っ。」

「大成功《だいせいこう》どころじゃないよ……。めちゃくちゃうれしいプレゼントよ。みんな、ほんとにありがとう。」

わたしはひとりひとりの顔《かお》を見回《みまわ》す。

「では、ここで、もうひとりのターゲットに、サプライズをしかけてみたいと思《おも》いますっ。」

アオ君《くん》が語尾《ごび》をはずませ、スマホを取《と》り出《だ》す。LINE《ライン》の画面《がめん》には、ルルのアイコンが表示《ひょうじ》されていた。

「そんじゃ、ココちゃんも、これ持《も》ってね！」

「うん！」

アオ君《くん》からクラッカーを受《う》け取《と》る。みんなも二個目《こめ》のクラッカーを持《も》って、相手《あいて》が出《で》るのを待《ま》った。

ルルがいるアメリカとは、マイナス十六時間《じかん》の時差《じさ》がある。ということは、むこうは夜《よ》中《なか》の二時《じ》。ルルはぜったいにねているはずだ。起《お》きてくれるかな？

どんな反応《はんのう》をするだろう？

みんな、さっきもこんな気持《きも》ちで待《ま》っていてくれたのかな？

期待《きたい》に胸《むね》をふくらませて待《ま》っていると、

「ふぁい……。」

寝《ね》ぼけたルルの声《こえ》が聞《き》こえてきた。完全《かんぜん》に寝起《ねお》きの状態《じょうたい》だけど、アオ君《くん》は気《き》にしない。

「ルル～、おはよう。ビデオ通話《つうわ》にして。」

「ふぇっ？　アオ？　なんで？　あれ？　もう、朝《あさ》？」

「うん、朝《あさ》だよ。いつまでねてんの。起《お》きて、起《お》きて。ビデオ通話《つうわ》にして。」

「うん。」

どこまで状況《じょうきょう》を理解《りかい》しているのか、画面《がめん》が切《き》りかわり、ルルが目《め》をこすりながら体《からだ》を起《お》こしている姿《すがた》がうつった。

そして、アオ君《くん》がわたしたちに向《む》かって、『せーの！』と声《こえ》をかける。

「ハッピーバースデー！　ルル！」

声《こえ》を合《あ》わせ、パンッパンッパンッ！　と、クラッカーを鳴《な》らした。そのとたん、

「うわっ！」

ドンッ、ガッタン、ゴンッ、『うぇっ。』と、へんな音《おと》がしたあと、画面《がめん》にいたルルは消《き》え、うす暗《くら》がりの天井《てんじょう》だけがうつった。

「あれ？　ルル～？　ルルさ～ん？」

アオ君《くん》が声《こえ》をかけると、

「あ～～～、やられた～。そういうことか。ゆだんしてた～。」

ルルがライトスタンドを手《て》にして、画面《がめん》をのぞきこんだ。

おどろいてベッドから転《ころ》げ落《お》ち、その拍子《ひょうし》でたおれたライトスタンドが頭《あたま》に落《お》ちてき

た、といった具合《ぐあい》らしく、くやしがっている。

「ってか、まだ夜《よる》じゃん！　あ〜、誕生日《たんじょうび》だってわすれてた〜。いや、わすれてはいないけど、時差《じさ》は考《かんが》えてくるかと思《おも》ってた〜。これはびっくりだよ。」

ルルは『寝起《ねお》きドッキリじゃん。』『やばい。おもしろすぎでしょ。』と、ブツブツ言《い》いながら部屋《へや》の明《あ》かりをつけると、ベッドの上《うえ》に正座《せいざ》をした。

「あっ、ユウト君《くん》もノカちゃんもいる。ヒメちゃんも、みんな集《あつ》まってくれたんだ！　お祝《いわ》いしてくれて、ありがとう。」

ルルがみんなに手《て》をふる。

はっきりとねむりから覚《さ》めたところで、わたしたちは、改《あらた》めてお祝《いわ》いの言葉《ことば》を送《おく》った。

「この様子《ようす》だと、ココもサプライズされたんでしょ？」

「うん。ついさっき。」

「ココちゃんには、買《か》い物《もの》から帰《かえ》ってきたところで、サプライズを仕《し》かけました。」

アオ君《くん》が報告《ほうこく》する。

「そりゃ、おどろくわっ。見《み》たかったな〜。くっそ〜。みんな、自分《じぶん》の誕生日《たんじょうび》、覚悟《かくご》しと

いてよ。」

ルルはライトスタンドが当《あ》たったおでこをさすりながら、楽《たの》しそうに宣言《せんげん》した。

「あっ、そうだ、ココ！」

思《おも》い出《だ》したように、大《おお》きな声《こえ》でよぶ。

「うん？」

画面《がめん》に顔《かお》を近《ちか》づけると、

「妹《いもうと》よ、誕生日《たんじょうび》、おめでとうっ。」

ルルが、大人《おとな》びた口調《くちょう》で言《い》った。

「うん。ルルも、おめでとう。」

「あっ、ちなみにルル。みんなからの誕生日《たんじょうび》プレゼントも、送《おく》ってあるからなー。」

アオ君《くん》が話《はな》しかけると、ルルがはしゃぐ。

「うっそ⁉　ほんとに？　ありがとう！　いつ、とどくんだろう？」

「国際宅配便《こくさいたくはいびん》はいつ着《つ》くかわからないから、早《はや》めに送《おく》ってあるよ。もうとどいてるはずだけど、ルルには十八日《にち》にわたしてくれって、おじさんにたのんであるから、あとで受《う》け取《と》って。」

アオ君《くん》が説明《せつめい》すると、

「いつのまに⁉　も〜、みんな〜。アイラブユー！」

ルルが両手《りょうて》で投《な》げキッスをした。

「七月《がつ》になったら、日本《にほん》に帰《かえ》るからね〜！　そんでもって、東京《とうきょう》のスケボー大会《たいかい》にアオといっしょに出《で》るから、みんなで応援《おうえん》に来《き》てね！」

「見《み》てみたい。」

ヒメちゃんがわたしを見《み》る。

「おいでよ！　スケボーのカッコ良《よ》さを、しっかり教《おし》えてあげる。」

ルルがヒメちゃんに向《む》かって、ピースサインをした。

「それに、いつかスケボーでオリンピックに出《で》るから、楽《たの》しみにしていてね！　まずは、こんどの大会《たいかい》で優勝《ゆうしょう》して、海外《かいがい》の大会《たいかい》に出《で》る！　そこでいい成績《せいせき》をとって、ランキング上《じょう》位《い》に入《はい》って、オリンピックで、金《きん》メダルとる！」

ルルは宣誓《せんせい》するように右手《みぎて》をあげた。その瞳《ひとみ》は、はっきりとした目標《もくひょう》をとらえるように、まっすぐに手《て》の先《さき》を見《み》つめている。

「よくわからないけど、すごい……。がんばって！」

ノカちゃんが拍手《はくしゅ》をした。

「これから、『星《ほし》カフェ』なんでしょ？　いいなあ。あたしもワープとか瞬間移動《しゅんかんいどう》とかができたら、すぐに会《あ》いに行《い》けるのに。ちょっとやってみようかな——。」

ルルが言《い》った、ちょうどそのとき、家《いえ》のインターホンが鳴《な》った。

「えっ!?」

みんなが同時《どうじ》にリビングのドアを見《み》た。

ルルがほんとにワープして、家《いえ》に帰《かえ》ってきた？

一瞬《いっしゅん》、そんなバカみたいな思《おも》いが頭《あたま》の中《なか》をよぎる。

けれど、ルルはとうぜん画面《がめん》の中《なか》から動《うご》いておらず、

「ちょっと、みんな、急《きゅう》にどうしたの？　じょうだんだってば〜。」

と、のんきに言《い》っている。

「タイミング、合《あ》いすぎ。」

ユウト君《くん》がボソッとこぼす。

「びびった〜。ウケる。みんな、反応《はんのう》しすぎでしょ。」

アオ君《くん》がふきだした。

わたしもおかしくて、つられて笑《わら》ってしまった。

「えーちょっと、みんなして、どうしたの？　何《なに》がそんなにおかしいの？」

ルルには、インターホンの音《おと》が聞《き》こえていなかったみたい。ルルへの説明《せつめい》はアオ君《くん》たちにまかせて、わたしはインターホンに出《で》た。

そこにいたのは、同《おな》じ学校《がっこう》の同級生《どうきゅうせい》、望月愛美《もちづきあいみ》ちゃんだった。委員会《いいんかい》が終《お》わったあと、走《はし》ってかけつけてくれたらしい。

去年《きょねん》の誕生日《たんじょうび》は、アオ君《くん》とルル、今《いま》は静岡《しずおか》にいる親友《しんゆう》の三浦朱里《みうらしゅり》ちゃんとの四人《にん》でケーキを食《た》べた。

今年《ことし》は、この場《ば》にシュリとルルはいないけれど、あらたにノカちゃん、ユウト君《くん》、アイミちゃん、ヒメちゃんの四人《にん》が増《ふ》えた。

ルルとだってオンラインで会《あ》えているし、シュリとも、六月《がつ》十八日《にち》に日付《ひづけ》がかわったとたんに電話《でんわ》があって、たくさんおしゃべりできた。

以前《いぜん》のわたしには、想像《そうぞう》もできなかった景色《けしき》が、目《め》の前《まえ》に広《ひろ》がっている。

「ココっ。」

ふいに名前《なまえ》をよばれて、顔《かお》を向《む》けた瞬間《しゅんかん》、カシャッと小気味《こきみ》いい音《おと》が鳴《な》った。

ユウト君《くん》が、こちらに向《む》けてスマホをかまえている。

「撮《と》った……?」

「うん。すっごく、いい顔《かお》してたから。」

「うそ。ぜったいにへんなはず。」

「ううん。しあわせそうな顔《かお》だよ。」

ユウト君《くん》がわたしに画面《がめん》を見《み》せた。

そこには、目《め》を細《ほそ》めてほほえんだ自分《じぶん》がうつっていた。

みんなが作《つく》ってくれたごはんは、どれもすごくおいしくて、こったものが多《おお》かった。

特《とく》におにぎりは、豚《ぶた》キムチ味《あじ》やカルボナーラ味《あじ》、おかかをまぶしたカマンベールチーズ味《あじ》など、初《はじ》めて食《た》べるものがいくつもあって、奥深《おくぶか》さを感《かん》じる。

そしてなにより、みんなが作《つく》ってくれたっていうことが、うれしくてしょうがない。

「ありがとう。すっごく……、めちゃくちゃ、最高《さいこう》にっ、おいしいよ！」

のどよりも、もっと奥《おく》からこみ上《あ》げてくる思《おも》いを、つたない言葉《ことば》で伝《つた》えた。

その後《ご》、おくれて東真知子《ひがしまちこ》ちゃんも来《き》てくれた。

マチ子《こ》ちゃんは、同《おな》じマンションに住《す》んでいる三つ年上《としうえ》のお姉《ねえ》さんで、高校《こうこう》二年生《ねんせい》。

「ココちゃん！　おくれて、ごめんね～！　ハッピーバースデ～！　これ、わたしから追加《ついか》でもう一つプレゼント～！　ルルちゃんには、先《さき》にみんなといっしょに送《おく》ってあるからね～。中身《なかみ》はリップグロス！　わ～、ごはん、おいしそ～！　みんな、すごいじゃん！」

こちらが答《こた》える間《ま》もなく、マチ子《こ》ちゃんはかわいいラッピングの箱《はこ》をさしだし、バルコニーのテーブルの上《うえ》を見回《みまわ》したあと、両手《りょうて》でグッと親指《おやゆび》を立《た》てた。

「マチ子《こ》ちゃん、プレゼントもありがとう！　ごはん、どれもおいしいよ！」

わたしは、ひとつひとつに返事《へんじ》をする。

「プレゼントの中身《なかみ》、開《あ》ける前《まえ》に言《い》っちゃうのがマチ子《こ》ちゃんらしいね。」

アオ君《くん》がつっこむと、マチ子《こ》ちゃんが得意《とくい》げな顔《かお》で人《ひと》さし指《ゆび》をふる。

「チッチッチ。じつは、もう一つサプライズがあるんだな〜。」

そう言《い》って、マチ子《こ》ちゃんはもう一度《いちど》リビングの中《なか》へもどると、カーテンを閉《し》めた。

みんなが頭《あたま》の上《うえ》にハテナマークをうかべる中《なか》、マチ子《こ》ちゃんが『テッテレー！』という効果音《こうかおん》をつけて、カーテンを開《ひら》いた。

「きょうは、ゲストを連《つ》れてきちゃいました〜。」

マチ子《こ》ちゃんのとなりに、まるで手品《てじな》のように女《おんな》の子《こ》が現《あらわ》れた――。

2 真夜中《まよなか》の電話《でんわ》

「ハナビちゃんっ！」

マチ子《こ》ちゃんのとなりにいたのは、『夜《よる》カフェ』の黒沢花美《くろさわはなび》ちゃんだった。

「おじゃまします！　ココちゃん、ルルちゃん。誕生日《たんじょうび》おめでとう！　大事《だいじ》なお誕生日会《たんじょうびかい》におしかけちゃって、ごめんね。」

ハナビちゃんが、ちょっとはずかしそうにおじぎをした。わたしは首《くび》を大《おお》きく横《よこ》にふる。

「来《き》てくれて、すっごくうれしいです！　ありがとうございます。イベントのときはいそがしくて、あんまりお話《はな》しできなかったから、ずっとお会《あ》いしたいと思《おも》ってました！」

「あたしも！　前《まえ》からマチ子《こ》ちゃんに『星《ほし》カフェ』に行《い》きたいってお願《ねが》いしていたんだけ

ど、なかなか予定《よてい》が合《あ》わなくて、今回《こんかい》、やっと来《く》ることができたの。ねっ？」

ハナビちゃんがマチ子《こ》ちゃんと顔《かお》を見合《みあ》わせる。

「ね〜。ハナビちゃん家《ち》はちょっと遠《とお》いから、今夜《こんや》はうちにお泊《と》まりするんだ。」

マチ子《こ》ちゃんがピースサインをつけて答《こた》えた。

「じゃあ、きょうはゆっくりお話《はな》しできますね！」

わたしはワクワクしながら言《い》った。

ルルと『星《ほし》カフェ』を作《つく》るとき、SNS《エスエヌエス》にあがっていた『夜《よる》カフェ』の記事《きじ》を読《よ》んだ。同《おな》い年《どし》くらいの子《こ》が集《あつ》まって、みんなでいっしょにごはんを食《た》べられる場所《ばしょ》を作《つく》ったことを知《し》って、すごくあこがれたし、はげみになった。

そんなきっかけをくれた人《ひと》たちとクリスマスのイベントで会《あ》えたのは、ほんとに奇跡《きせき》みたいだ。

『星《ほし》カフェ』のみんなで改《あらた》めて自己紹介《じこしょうかい》をして、イベントでたいへんだったことや、楽《たの》しかったことを話《はな》した。

オンラインで参加《さんか》しているルルも、まるでこの場《ば》にいるかのように、楽《たの》しそうにしゃべっている。

「そうそう。夏休《なつやす》みにね、『夜《よる》カフェ』のみんなで、盆《ぼん》おどりに挑戦《ちょうせん》するの。」

ハナビちゃんが思《おも》い出《だ》したように言《い》った。

「「盆《ぼん》おどり!?」」

ルルとわたしの声《こえ》が重《かさ》なった。

「そうっ！　鈴木陵馬《すずきりょうま》君《くん》って覚《おぼ》えてる？　イベントのとき、あたしといっしょに、サツマイモの着《き》ぐるみをかぶっていた男《おとこ》の子《こ》。」

ハナビちゃんに言《い》われて、顔《かお》を思《おも》いうかべる。

「はい、もちろん。」

「そのリョウマ君《くん》のおじいちゃんが、町内会《ちょうないかい》の会長《かいちょう》さんなんだけど、毎年《まいとし》地域《ちいき》でやっている盆《ぼん》おどりを、今年《ことし》を最後《さいご》にやめようっていうことになったの。参加者《さんかしゃ》やお祭《まつ》りをになう人《ひと》の数《かず》が減《へ》っちゃってるからって。

最後《さいご》になるなら思《おも》いっきり新《あたら》しいことに挑戦《ちょうせん》しようっておじいちゃんが言《い》って、地元《じもと》の学生《がくせい》たちを中心《ちゅうしん》に、好《す》きなように盆《ぼん》おどりをもり上《あ》げてほしいってたのまれたの。

それで『夜《よる》カフェ』に来《き》てくれている子《こ》たちとみんなで、お祭《まつ》りのスタッフとして参加《さんか》することになったんだ。」

ハナビちゃんが楽《たの》しそうに話《はな》す。

聞《き》きながら、胸《むね》がワクワクしてくる。

「あのっ、それって、クリスマスのイベントみたいに、学生《がくせい》たちがお店《みせ》を出《だ》すってことですか？」

わたしは、とっさにたずねた。

「うん。地元《じもと》の大学生《だいがくせい》や近所《きんじょ》に住《す》んでいる小学生《しょうがくせい》が屋台《やたい》をやったり、やぐらの横《よこ》のステージで好《す》きな音楽《おんがく》を演奏《えんそう》したり。リョウマ君《くん》たちはバンドでライブをするんだって。実際《じっさい》にどうなるかはわからないけど、今《いま》はとにかく〝やってみたい〟アイディアを募《ぼ》集中《しゅうちゅう》なの。」

「何《なに》それ、めちゃくちゃおもしろそうじゃん。」

アオ君《くん》も話《はなし》に飛《と》びついた。わたしも身体《からだ》がうずうずしてくる。

いいな。みんなでドーナツ屋《や》さんをやったとき、すごくたいへんだったけれど、ものすごい充実感《じゅうじつかん》を味《あじ》わった。

いつか、みんなとまた何《なに》かやりたいと思《おも》っていた。

盆《ぼん》おどりで、それが実現《じつげん》したら、ぜったいに楽《たの》しそう。

「あのっ、ハナビちゃん。わたし、どんなことでもやるので、いっしょにやらせてもらえたら、うれしいんだけど。」

わたしは、自分《じぶん》の口《くち》をついて出《で》た言葉《ことば》におどろいた。

「もちろん！　やろう、やろう！」

ハナビちゃんがわたしの手《て》を取《と》る。

胸《むね》が熱《あつ》くなる。

前《まえ》のわたしだったら、こんなこと言《い》ってなかった……。

いつも、ルルが背中《せなか》をおしてくれて初《はじ》めて、『やってみよう』って気持《きも》ちになれた。

わたし、ちょっとは変《か》われたのかな……？

テーブルの上《うえ》に立《た》てかけたスマホを見《み》ると、ルルと目《め》が合《あ》った。

考《かんが》えていることが伝《つた》わっていたのか、にんまりと笑《わら》ってうなずくと、

「あたしも、あたしも！　そのころは、日本《にほん》にいるから、参加《さんか》したい！」

画面《がめん》の向《む》こうからうったえた。

「オレも、やりたい！　あっ、でも受験《じゅけん》だし、スケボーの大会《たいかい》があるから、あまり手伝《てつだ》えないかも。」

アオ君《くん》が残念《ざんねん》そうに言《い》うと、ハナビちゃんが首《くび》をふる。

「だいじょうぶ。無理《むり》のない範囲《はんい》で手伝《てつだ》ってくれたらありがたいな。とにかく、いっぱいの人《ひと》に来《き》てもらいたいから。」

「その盆《ぼん》おどりのステージでバンドの演奏《えんそう》ができるなら、おれも友《とも》だちとバンドを組《く》んでいるので、そのメンバーで参加《さんか》してもいいですか？」

こんどはユウト君《くん》が身《み》を乗《の》り出《だ》す。

「オッケー！　ステージのことは、担当《たんとう》のリョウマ君《くん》にくわしくきいてみるね。」

ハナビちゃんがノリノリで答《こた》えると、ユウト君《くん》が頭《あたま》を下《さ》げた。

「よろしくお願《ねが》いします！」

やった、やったあ。ユウト君《くん》のライブ演奏《えんそう》が聴《き》ける。盆《ぼん》おどりでの演奏《えんそう》なんて、どんなふうになるんだろう？

思《おも》いをめぐらせていると、アイミちゃんとノカちゃんが何《なに》か言《い》いたそうな顔《かお》をしているのに気《き》がついた。

「ふたりも、いっしょにやらない？」

わたしはすぐに声《こえ》をかけた。

「うん、やりたい。」

アイミちゃんがほおをほころばせる。ノカちゃんもうれしそうだ。

また、ドーナツ屋《や》さんをやったときみたいに、みんなと何《なに》かができる。考《かんが》えただけで、胸《むね》が高鳴《たかな》る。

「こんなにたくさん参加《さんか》してもらえるなんて、最高《さいこう》っ！　さっそくなんだけど、今週末《こんしゅうまつ》の土曜日《どようび》に、盆《ぼん》おどりスタッフの初《はじ》めての顔合《かおあ》わせがあるの。もし来《こ》られたら参加《さんか》してね！」

ハナビちゃんが満面《まんめん》の笑《え》みで言《い》った。

「はい！　行《い》きたいです。」

わたしはすぐに手《て》をあげた。

まだ六月《がつ》の半《なか》ば。夏休《なつやす》みさえ始《はじ》まっていないけれど、テーブルをかこむみんなの気持《きも》ちと話題《わだい》は、すっかり盆《ぼん》おどり一色《いっしょく》で、『星《ほし》カフェ』が終《お》わるギリギリの時間《じかん》まで、話《はなし》はつきなかった。


金曜日《きんようび》の朝《あさ》、マンションの地下《ちか》にゴミを出《だ》しに行《い》くと、制服姿《せいふくすがた》のユウト君《くん》とばったり会《あ》った。

ユウト君《くん》は電車通学《でんしゃつうがく》だから、わたしよりも家《いえ》を出《で》る時間《じかん》がずっと早《はや》い。

「おはよう、ココ。」

こちらに気《き》づいたとたん、やわらかな表情《ひょうじょう》に変《か》わった。

「おはよう、ユウト君《くん》。」

わたしも笑顔《えがお》で答《こた》える。

「ユウト君《くん》も、あしたの盆《ぼん》おどりの顔合《かおあ》わせには参加《さんか》できるんだっけ？」

「午後《ごご》からだよね。もちろん、参加《さんか》するよ。」

「よかった。マチ子《こ》ちゃんと三人《にん》で待《ま》ち合《あ》わせて、いっしょに行《い》かない？」

「了解《りょうかい》。時間《じかん》がわかったら、教《おし》えて。」

「うん。」

「じゃあ、行《い》ってきます。」

ユウト君《くん》がふりかえりながら、ちょっとぎこちない口調《くちょう》で言《い》った。

「行《い》ってらっしゃい。」

わたしも、なんだかとてもドキドキする。

マンションを出《で》ていくユウト君《くん》に手《て》をふっていると、

「『行《い》ってきます。』『行《い》ってらっしゃい。』って……、なんだかカップル……ううん、新婚《しんこん》さんっぽ〜。」

とつぜん第三者《だいさんしゃ》の声《こえ》が聞《き》こえて、反射的《はんしゃてき》にふりかえる。

「マチ子《こ》ちゃん！　いつから、そこに？」

「え〜っと、『おはよう、ココ。』のところから？」

マチ子《こ》ちゃんが、人《ひと》さし指《ゆび》をほおにそえた。

「最初《さいしょ》から⁉」

「いい雰囲気《ふんいき》じゃ〜ん。ねえ、ねえ、ふたりはもう、つき合《あ》ってるの？」

マチ子《こ》ちゃんはわたしの反応《はんのう》をよそに、肩《かた》を組《く》んできて、耳《みみ》もとでたずねた。

「つき合《あ》っては……いないよ。」

おずおずと答《こた》える。

「え〜、でも、ふたりの雰囲気《ふんいき》、変《か》わったよね？　前《まえ》よりもこう、近《ちか》くなったというか〜。」

ずっと大好《だいす》きだったユウト君《くん》が、先月《せんげつ》、わたしの曲《きょく》を作《つく》って、演奏《えんそう》してくれた。

そのときに、わたしのことを好《す》きって言《い》ってくれた。

『ココ』という名《な》のやさしくて、きれいな曲《きょく》。

いまだに、あれはわたしの希望《きぼう》がつまった夢《ゆめ》だったんじゃないかって、思《おも》ってしまうときもある。

だけど、マチ子《こ》ちゃんが言《い》うように、たしかにユウト君《くん》と会《あ》うと、今《いま》までとは変《か》わったなと思《おも》うことがある。

前《まえ》よりもずっと、ユウト君《くん》を好《す》きだなと感《かん》じるようになった。

「おたがい、告白《こくはく》しあったんでしょ？」

「そうだけど……。彼氏《かれし》、彼女《かのじょ》ではないよ……。」

「えー、おたがい好《す》きって言《い》い合《あ》ったら、もうつき合《あ》うってことなんじゃないの？」

「そんな話《はなし》はしていないし……、つき合《あ》うなんて言葉《ことば》は出《で》たことないよ……。」

わたしは必死《ひっし》に両手《りょうて》をふって否定《ひてい》する。

「とにかく、わたしのことはいいから！　それより、マチ子《こ》ちゃんは、アオ君《くん》のお兄《にい》さんと、どんな感《かん》じ？」

はずかしくて、マチ子《こ》ちゃんに質問《しつもん》を返《かえ》した。

「えっ、わたしっ!?　わたしは……、そのぉ……。」

こんどはマチ子《こ》ちゃんが、あからさまに目《め》を泳《およ》がせる。

「まあ……、変《か》わらずといいますか……、あまり相手《あいて》にされていないというか……。あっ、でもね、めっちゃ勇気《ゆうき》をふりしぼって、文化祭《ぶんかさい》にさそったの！　そうしたら、『仕事《しごと》が休《やす》みならな。』って、言《い》ってくれた！」

「すごいっ！　やったね！　あれ？　でも、文化祭《ぶんかさい》っていつ？」

たずねると、マチ子《こ》ちゃんは遠《とお》くを見《み》ながらつぶやく。

「十月《がつ》……。」

「まだまだ先《さき》かぁ〜。」

こらえきれず、わたしもマチ子《こ》ちゃんと同《おな》じように、遠《とお》くに視線《しせん》を送《おく》った。

「うん……。あと四か月《げつ》……。」

マチ子《こ》ちゃんはふりむいて、はにかんだ笑顔《えがお》を見《み》せた。

「まあ、おたがい、ゆっくりね！　ということで、行《い》ってきま〜す。」

「うん！　行《い》ってらっしゃい！」

わたしはエールを送《おく》るように、姿《すがた》が見《み》えなくなるまで、大《おお》きく手《て》をふり続《つづ》けた。

その日《ひ》の夜《よる》、マチ子《こ》ちゃんからあした参加《さんか》する顔合《かおあ》わせの場所《ばしょ》の地図《ちず》が、ＬＩＮＥ《ライン》に送《おく》られてきた。

参加《さんか》するのは、わたしとマチ子《こ》ちゃんとユウト君《くん》の三人《にん》なので、マンションのエントランスロビーで待《ま》ち合《あ》わせることになった。

『了解《りょうかい》です！』と返信《へんしん》を打《う》ったあと、ルルとのトーク画面《がめん》を開《ひら》いた。

誕生日会《たんじょうびかい》のあと、みんなで撮《と》った写真《しゃしん》をルルに送《おく》って何回《なんかい》かやりとりして以来《いらい》、もう三日《みっか》も連絡《れんらく》がない。

今《いま》までは、あいだが空《あ》いたとしても、せいぜい一日《にち》だったのに。

おととい送《おく》った『大会《たいかい》に向《む》けて、調子《ちょうし》はどう？』というメッセージには、『既読《きどく》』すらついていない。

何《なに》か、あったのかな……？

とりあえず『おやすみ』のスタンプだけ送《おく》って、ベッドに入《はい》った。

ねむっている間《あいだ》に、ふいにスマホの振動《しんどう》に気《き》がついた。

暗闇《くらやみ》の中《なか》、ぼんやりと光《ひか》っているスマホを手《て》につかむ。

画面《がめん》にはお父《とう》さんの名前《なまえ》が表示《ひょうじ》されていた。

「もしもし……？」

ねむけとたたかいながら電話《でんわ》に出《で》る。

「起《お》こしちゃって、ごめんな。」

お父《とう》さんに言《い》われて初《はじ》めて、まだ窓《まど》の外《そと》がまっくらなことに気《き》がついた。

あれ？　なんでこんな時間《じかん》に!?

お父《とう》さんはいつも、日本時間《にほんじかん》に合《あ》わせて電話《でんわ》をかけてくる。

真夜中《まよなか》にかけてくるなんて、よっぽどだ……。

寝《ね》ぼけていた頭《あたま》が一気《いっき》にさえる。

「何《なに》かあった……？」

おそるおそるたずねる。

「ああ……。ルルがスケボーをしている最中《さいちゅう》に転《ころ》んで、大《おお》ケガをしたんだ。」

「えぇっ!?」

ヒュッと息《いき》をのむ。

「だいじょうぶ？　ルルは？」

「今《いま》は、元気《げんき》がない。」

「そんなに、……ひどいケガなの？」

「そうだね……。」

お父《とう》さんは、だまってしまった。

頭《あたま》が混乱《こんらん》する。誕生日《たんじょうび》のときは、あんなに元気《げんき》だったのに。

「じゃあ、七月《がつ》のスケボーの大会《たいかい》は……？」

出場《しゅつじょう》できないってこと？

日本《にほん》にも帰《かえ》ってこられないってこと……？

「うん。出《で》られない。」

お父《とう》さんは、はっきりと答《こた》えた。

「どうして、そんなことになっちゃったの？」

「前《まえ》にも転《ころ》んでケガしていたらしいんだけど、ちゃんと治《なお》らないうちにまた同《おな》じところを痛《いた》めてしまったんだ。骨《ほね》にヒビが入《はい》っていて、今後《こんご》の状態《じょうたい》次第《しだい》では手術《しゅじゅつ》が必要《ひつよう》になるかもしれない、とまで言《い》われていたんだが……。」

低《ひく》くて単調《たんちょう》なお父《とう》さんの声《こえ》を聞《き》きながら、わたしは無意識《むいしき》に、ルルが置《お》いていったサメのぬいぐるみ——サメ子《こ》をだきよせる。

前《まえ》にも一度《いちど》、お父《とう》さんのこんな暗《くら》い声《こえ》を聞《き》いたことがある。

それは、お母《かあ》さんが重《おも》い病気《びょうき》にかかって、もう助《たす》からないかもしれないと、初《はじ》めてわたしたちに告《つ》げたときだ……。

「きょう、病院《びょういん》でくわしい検査結果《けんさけっか》を聞《き》いてきたんだ。ヒビの状態《じょうたい》から、手術《しゅじゅつ》まではしなくても、リハビリで治《なお》る可能性《かのうせい》もあるそうだ。ただ……。」

「ただ……？」

リハビリで治《なお》る可能性《かのうせい》があるということばにホッとしながら、おそるおそる耳《みみ》をすました。

「たとえケガが治《なお》ったとしても、スケボーを続《つづ》けるのは、むずかしいそうだ。」

「えっ……！　そ、んな……。」

思《おも》わずスマホを落《お》としそうになる。

「同《おな》じところをケガすることもあるだろうし、万《まん》が一《いち》、神経《しんけい》を傷《いた》めて後遺症《こういしょう》が残《のこ》ったとしたら、二度《にど》とスポーツができなくなる可能性《かのうせい》もある。だから、スケボーのように、はげしいスポーツをするのは、今後《こんご》はやめておいたほうがいいと、お医者《いしゃ》さんから言《い》われたんだ。」

お父《とう》さんが答《こた》えた。

今後《こんご》の予定《よてい》として、ルルは入院《にゅういん》して治療《ちりょう》をするために、早《はや》めに日本《にほん》に一時帰国《いちじきこく》することになったらしい。

通話《つうわ》が終《お》わったあと、わたしは起《お》き上《あ》がることも体勢《たいせい》を変《か》えることもできずに、スマホとサメ子《こ》をにぎり続《つづ》けていた。

目《め》をつぶると、ルルがいつもどおり、元気《げんき》にスケボーをしている姿《すがた》がうかんでくる。

ついこのあいだ、目《め》をかがやかせて、『目指《めざ》せ、金《きん》メダル！』と言《い》っていたのに。

ケガをするたびに、『こんなのかすり傷《きず》だから。平気《へいき》、平気《へいき》。』『それよりも、早《はや》くこのトリック（技《わざ》）をメイクしたい。』って、笑《わら》い飛《と》ばしていた。

スケボーが大好《だいす》きで、たまらない。

そんなルルの気持《きも》ちが、いつも身体中《からだじゅう》からあふれていた。

「ルルっ。」

とっさに起《お》き上《あ》がって、スマホでルルとのトーク画面《がめん》を開《ひら》くと、通話《つうわ》ボタンをおした。
呼《よ》び出《だ》し音《おん》がいくら鳴《な》っても、ルルは出《で》ない。
しかたなくメッセージを打《う》ちこむ。
『お父《とう》さんから聞《き》いたよ』
『だいじょうぶ？』
『痛《いた》みはない？』
ヒュンヒュンッと、いきおいよく送信《そうしん》されていく。
けれど、ルルからのリアクションは、やっぱりない。
「ん～、アメリカにワープできたらいいのに……。」
もどかしい気持《きも》ちのまま、夜《よ》はふけていった。

3 きっとだいじょうぶ

気《き》がつくと、カーテンのすきまから朝日《あさひ》がさしこんでいた。

うっすらと明《あか》るくなった部屋《へや》。

遠《とお》くですずめの鳴《な》き声《ごえ》がする。

ぼーっとしている頭《あたま》の中《なか》に、お父《とう》さんと会話《かいわ》をした記憶《きおく》がよぎった。

一気《いっき》に目《め》が覚《さ》めて、スマホを手《て》に取《と》る。

ルルとのトーク画面《がめん》に残《のこ》る、わたしが送《おく》ったメッセージを見《み》て、夜中《よなか》の出来事《できごと》が夢《ゆめ》じゃなかったことを思《おも》い知《し》らされる。

やっぱり既読《きどく》はついていない。

「ルル……。」

サメ子《こ》のおなかに顔《かお》をうずめる。

起《お》き上《あ》がることも、ろくに考《かんが》えることもできず、サメ子《こ》にしがみつくように寝転《ねころ》がっているると、カツッカツッという小《ちい》さな音《おと》が聞《き》こえてきた。

あっ、これは、ニシヘルマンリクガメのカメ子《こ》の『エサが食《た》べたい』合図《あいず》だ。

まだ朝《あさ》ごはんの時間《じかん》じゃないのに、わたしが起《お》きているのに気《き》がついたのかな。

いつまでもふとんの中《なか》にいると、もやもやした思《おも》いにつかまっちゃいそうだ。

わたしは逃《に》げるように、ベッドからぬけ出《だ》した。

「カメ子《こ》さん、おはよう。ちょっと待《ま》ってね。」

声《こえ》をかけながらエサの缶《かん》を取《と》り出《だ》し、カラフルなつぶをカメ子《こ》の前《まえ》に置《お》いた。

ところがカメ子《こ》は食《た》べようとせず、顔《かお》を上《あ》げて、こちらを見《み》ている。

「これじゃなかった？　キャベツのほうがいい？」

たずねても、カメ子《こ》はまったく動《うご》かない。

「もしかして……、お父《とう》さんとの電話《でんわ》、聞《き》こえてた？」

カメ子《こ》のつぶらなひとみが、ほんのわずかに細《ほそ》まる。

言葉《ことば》が通《つう》じているわけじゃない——とは思《おも》うけど、『うん。』って返事《へんじ》をくれた気《き》がした。

「やっぱり。カメ子《こ》さんもルルのことが気《き》になるよね。ルル、返事《へんじ》をくれるかな？　もしくは、わたしがアメリカへ行《い》ってみるとか？　ん〜、それはむずかしいな。どちらにせよ、ルルは日本《にほん》に帰《かえ》ってくるし……。もう少《すこ》し時間《じかん》がたったら、また電話《でんわ》をかけてみようかな？」

質問《しつもん》をなげかけているあいだに、カメ子《こ》はエサに口《くち》をつけ、こっちにはいっさい顔《かお》を向《む》けなくなった。

そして、目《め》の前《まえ》にエサが残《のこ》っているのに、ゆっくりと歩《ある》いて、ケージの中《なか》のお家《うち》に帰《かえ》っていく。

「おーい、もう、いらないの？　いつもより、ぜんぜん食《た》べていないよ？」

わたしの声《こえ》にふりかえることもなく、カメ子《こ》はそのままお家《うち》の隅《すみ》で止《と》まって、動《うご》かなくなった。

「へんなカメ子《こ》さん……。」

だけど、カメ子《こ》のおかげで、頭《あたま》が働《はたら》きだした。

ケガの症状《しょうじょう》や今後《こんご》のことも、まだよくわからない状況《じょうきょう》で、こっちが勝手《かって》にあたふたしていても、しょうがない。

ルルとお父《とう》さんから連絡《れんらく》が来《く》るまで、どっしり待《ま》っていよう。

「うん、そうしよう！」

まだ朝《あさ》の四時《じ》すぎだけど、これからもう一度《いちど》ねる気《き》にはならない。

だって、きょうは大事《だいじ》な盆《ぼん》おどりスタッフの顔合《かおあ》わせの日《ひ》。

わたしは立《た》ち上《あ》がると、部屋《へや》を出《で》て洗面所《せんめんじょ》に向《む》かった。


「ユキノさん、ちょっといいですか？」

朝《あさ》ごはんを食《た》べながら、わたしは話《はなし》を切《き》り出《だ》した。

「うん？　もちろん、だいじょうぶよ。」

ユキノさんは、サクサクとおいしそうな音《おと》をたてて、トーストを食《た》べている。その横《よこ》で、ヒメちゃんがコーンフレークの牛乳《ぎゅうにゅう》を飲《の》みほした。

「じつは、きのうの夜《よる》おそくに、お父《とう》さんから電話《でんわ》がかかってきたんです。それで、まだ、くわしいことはわからないんですけど、ルルが大《おお》きなケガをしちゃったみたいで……。」

「ええっ⁉」

ユキノさんが手《て》を止《と》める。

「ケガをしたのは腰《こし》で、日本《にほん》で入院《にゅういん》することになるみたいです。だから、帰国《きこく》の日《ひ》が決《き》まったら、お父《とう》さんからユキノさんにも連絡《れんらく》をするって言《い》ってました。」

「わかった……。何《なに》かあったら、遠慮《えんりょ》せずに言《い》ってね。」

ユキノさんは、ちょっぴり自信《じしん》がなさそうに言《い》う。

「ありがとうございます。」

「だけど、ルルちゃんのケガって、そんなに、たいへんなケガなの……？」

ユキノさんは、おそるおそるたずねる。

「わたしもくわしくは……。ただ、はげしいスポーツは今後《こんご》できなくなるかもって。だからスケボーも……。」

「いやだ！」

ヒメちゃんがけわしい顔《かお》をする。

「ルルちゃんがスケボーしているところ、見《み》たかった。もう見《み》られないの？」

「う〜ん、今回《こんかい》は無理《むり》っぽい……。」

「ええ〜。見《み》たかった。」

ヒメちゃんは残念《ざんねん》そうに、いすにもたれた。

「ヒメがぶーぶー言《い》ったところで、どうにもできないことだってあるの。そもそも、スケボーができなくて、いちばんつらいのはルルちゃんでしょ。」

ユキノさんがたしなめると、ヒメちゃんは、なおもふてくされた顔《かお》をする。

「だって……。」

わかるよ、ヒメちゃん。

こんどの大会《たいかい》では、アメリカへ行《い》ってさらに成長《せいちょう》したルルの姿《すがた》が見《み》られると期待《きたい》していた。

「お医者《いしゃ》さんは、やめたほうがいいって言《い》っているみたいだけど……、まだスケボーができないって決《き》まったわけじゃないから、またいつか、見《み》られるかも。」

ヒメちゃんにだけではなく、自分《じぶん》にも言《い》い聞《き》かせるように話《はな》した。

「見《み》たい！　見《み》る！」

ヒメちゃんが断言《だんげん》する。その強《つよ》さにおされ、

「そうだよね。わたしも、見《み》たい！」

力《ちから》をこめて返《かえ》した。


どっしり待《ま》っていよう！

そう思《おも》ったのはいいけれど、実際《じっさい》はなかなかそんなふうにはできず、わたしはそわそわと家《いえ》の中《なか》を動《うご》き回《まわ》っている。

洗濯機《せんたくき》を二回《かい》も回《まわ》したり、窓《まど》のそうじをしたり、換気扇《かんきせん》のフィルターを交換《こうかん》したりして、ようやく時計《とけい》の表示《ひょうじ》が十五時《じ》を過《す》ぎた。

待《ま》ち合《あ》わせの時間《じかん》に近《ちか》くなったころ、わたしは早《はや》めに家《いえ》を出《で》た。

エントランスロビーのソファにすわって、スマホを取《と》り出《だ》す。

既読《きどく》がつかないままの画面《がめん》を見《み》ながら、ため息《いき》をついた。

「ココちゃーん。お待《ま》たせ！」

ふいに名前《なまえ》をよばれた。

マチ子《こ》ちゃんとユウト君《くん》がいっしょに歩《ある》いてくる。

気持《きも》ちを切《き》りかえて、スマホをポケットにしまうと、ふたりのもとへかけよった。

マンションを出発《しゅっぱつ》して、最寄《もよ》り駅《えき》へ行《い》く。そこから電車《でんしゃ》を二本乗《ほんの》りついで、ある駅《えき》をおりたところで、ハナビちゃんと合流《ごうりゅう》した。

見知《みし》らぬ商店街《しょうてんがい》や住宅街《じゅうたくがい》をぬけると、広々《ひろびろ》とした河川敷《かせんしき》に出《で》た。

川沿《かわぞ》いをふきぬける風《かぜ》が気持《きも》ちいい。

家《うち》の近所《きんじょ》の水路《すいろ》や海《うみ》が見《み》える景色《けしき》とは、まるでちがう。

なんだか、すごく遠《とお》くへ来《き》た気《き》がする。

「のんびりしていて、いいね。」

となりを歩《ある》いているユウト君《くん》が言《い》った。視線《しせん》の先《さき》には、犬《いぬ》の散歩《さんぽ》をしている人《ひと》がいる。

「ほんとだね。いい景色《けしき》。」

わたしも遠《とお》くを見回《みまわ》した。

川《かわ》に近《ちか》い運動場《うんどうじょう》では、サッカーをして遊《あそ》んでいる子《こ》どもたち、その向《む》こうにある大《おお》きな橋《はし》の下《した》では、スケボーをしている人《ひと》たちもいた。

それを見《み》た瞬間《しゅんかん》、ルルの姿《すがた》がうかぶ。

ルルも、アオ君《くん》やほかの仲間《なかま》たちと、よくスケートボードパークでスケボーの練習《れんしゅう》をしていた。

もう、あんなふうにすべることができなくなっちゃうのかな……？

そう思《おも》いかけて、思《おも》い切《き》り頭《あたま》をふった。

いけない、いけない。ルルはきっとだいじょうぶ。わたしが信《しん》じなくて、どうするの！

「ココ？」

ユウト君《くん》によばれて、流《なが》されそうになっていた意識《いしき》がもどる。

「あっ、虫《むし》。そう、虫《むし》がいて。」

あわてて笑顔《えがお》でごまかす。

「あのさ――。」

ユウト君《くん》が何《なに》かを言《い》いかけたとき、マチ子《こ》ちゃんの声《こえ》がした。

「おーい、おふたりさ〜ん。こっちだよ〜。」

見《み》ると、いつの間《ま》におりたのか、ハナビちゃんとマチ子《こ》ちゃんが土手《どて》の下《した》の道路《どうろ》から手《て》をふっていた。

「わあ、ごめんなさーい！」

わたしは大《おお》きな声《こえ》で返事《へんじ》をして、ユウト君《くん》といっしょにあとを追《お》う。

そこからはすぐに、目的地《もくてきち》だった町内会《ちょうないかい》の自治会館《じちかいかん》に到着《とうちゃく》した。

外《そと》には何台《なんだい》もの自転車《じてんしゃ》が停《と》めてあって、玄関《げんかん》にはスニーカーやサンダルがたくさんならんでいる。

部屋《へや》の中《なか》から、にぎやかな話《はな》し声《ごえ》が聞《き》こえてくる。

なんだか、緊張《きんちょう》してきた……。

スリッパにはきかえて、ハナビちゃんに案内《あんない》してもらいながら、広《ひろ》い部屋《へや》の中《なか》へ入《はい》る。

ホワイトボードの前《まえ》に長《なが》いテーブルとパイプいすがならび、大学生《だいがくせい》や高校生《こうこうせい》っぽい人《ひと》たちが二十人《にん》くらい集《あつ》まっていた。

みんなの視線《しせん》が、いっせいにわたしたちに向《む》く。

思《おも》わず、あとずさりしそうになる。

「こっち、こっち〜。」

奥《おく》にすわっていたリョウマ君《くん》が、手招《てまね》きをしているのが見《み》えた。

クリスマスのイベントで一度《いちど》会《あ》っただけだけど、知《し》らない人《ひと》たちの中《なか》に見知《みし》った顔《かお》を見《み》つけて、ちょっぴり安心《あんしん》する。

リョウマ君《くん》は、前《まえ》と同《おな》じように、人好《ひとず》きのする笑顔《えがお》でわたしたちにあいさつをする。

「よろしくお願《ねが》いします。参加《さんか》させてくれて、ありがとうございます。」

わたしはぺこりとおじぎをした。

「何《なに》言《い》ってんの。礼《れい》を言《い》いたいのは、こっちだって。遠《とお》くからわざわざ来《き》てくれて、ありがとな。町内会《ちょうないかい》のおっちゃんたちに、べつの地域《ちいき》からも助《すけ》っ人《と》が来《き》てくれるって言《い》ったら、よろこんでいたよ。えっと、ココちゃんだよな。それから、マチ子《こ》ちゃんと……。」

リョウマ君《くん》が期待《きたい》に満《み》ちた目《め》で、わたしたち三人《にん》の顔《かお》を順《じゅん》に見《み》る。

「桐ケ谷優音《きりがややゆうと》です。よろしくお願《ねが》いします。あと、初《はじ》めまして。」

ユウト君《くん》がていねいに頭《あたま》を下《さ》げた。

「オッケー。ユウトなっ。おれ、鈴木陵馬《すずきりょうま》。ハナビから聞《き》いているよ。ユウトはバンドで参加《さんか》してくれるんだよな？　よろしく！　おれもステージ担当《たんとう》だから。」

リョウマ君《くん》が手《て》をさしだし、ふたりで握手《あくしゅ》をかわした。

「それにしても、ハナビ、さすがじゃん。三人《にん》も連《つ》れてきてくれるなんて。しかも遠《とお》くから通《かよ》ってくれるなんてさ。ほんと、ありがたいよ。

おれのまわりの友《とも》だちは、夏休《なつやす》み中《ちゅう》は、部活《ぶかつ》の最後《さいご》の試合《しあい》があったり、大学受験《だいがくじゅけん》で夏期《かき》講習《こうしゅう》がいそがしいとかで、お客《きゃく》さんで行《い》くのはいいけど、スタッフはできないって、みごとにフラれちゃったんだよね。

だから、スタッフ希望《きぼう》で参加《さんか》してくれて、ほんとうれしいよ！」

リョウマ君《くん》が言《い》うと、ハナビちゃんがドヤ顔《がお》で、リョウマ君《くん》の肩《かた》に手《て》を置《お》いた。

「よろこぶのは、まだ早《はや》いよ。じつはね、あと四人《にん》もいるんだな〜。きょうは来《こ》られなかったけど、夏休《なつやす》みに入《はい》ってから、来《き》てくれるって。」

「マジかよ。神様《かみさま》、仏様《ほとけさま》、ハナビ様《さま》かよ！」

リョウマ君《くん》が、目《め》をキラキラさせて手《て》を合《あ》わせた。

テンポのいいふたりの会話《かいわ》を聞《き》いて、つい、クスッと笑《わら》ってしまった。

そして、わたしたちが席《せき》についたところで、

「じゃあ、みなさんがそろったみたいなので、始《はじ》めたいと思《おも》います。」

ホワイトボードの前《まえ》に、おじさんが立《た》って、ペンをマイク代《が》わりにあいさつを始《はじ》めた。

「改《あらた》めまして、みなさん、きょうは来《き》てくれて、ありがとうございます。町内会会長《ちょうないかいかいちょう》の鈴木《すずき》です。」

おじさんがうれしそうに目《め》を細《ほそ》めて、みんなの顔《かお》をながめた。

「あれ、うちのじいちゃん。」

リョウマ君《くん》が小声《こごえ》で教《おし》えてくれた。

〝じいちゃん〟というほどの年齢《ねんれい》には見《み》えないくらい若々《わかわか》しく、とってもやさしい目《め》をしている。

鈴木《すずき》さんは、前《まえ》にハナビちゃんが話《はな》していたように、にない手不足《てぶそく》で、この盆《ぼん》おどり大《たい》会《かい》がなくなってしまうこと、だから今回《こんかい》、若《わか》い子《こ》たちに自由《じゆう》に企画《きかく》してもらい、新《あたら》しい祭《まつ》りにしたいことなどを説明《せつめい》した。

「じゃあ、さっそく、ここからは実行委員長《じっこういいんちょう》にバトンタッチさせていただきます。」

鈴木《すずき》さんは持《も》っていたペンを、いちばん前《まえ》にすわっている大学生《だいがくせい》くらいの男《おとこ》の人《ひと》にわたした。

実行委員長《じっこういいんちょう》は立《た》ち上《あ》がって、あいさつをすると、会議《かいぎ》を進《すす》めていく。

「副会長《ふくかいちょう》の息子《むすこ》さんなんだ。地元《じもと》の大学生《だいがくせい》で、この中《なか》の半分《はんぶん》は、その仲間《なかま》だよ。」

リョウマ君《くん》がさっきと同《おな》じように教《おし》えてくれる。

自己紹介《じこしょうかい》を聞《き》いていく中《なか》で、わたしたちみたいに、ほかの地域《ちいき》から来《き》ている人《ひと》がいるのがわかった。

美大生《びだいせい》や、祭《まつ》りの研究《けんきゅう》サークルに入《はい》っている大学生《だいがくせい》。動画《どうが》サイトで自分《じぶん》が作《つく》った音楽《おんがく》を投稿《とうこう》している人《ひと》もいれば、セーラー服《ふく》を着《き》た高校生《こうこうせい》、不登校《ふとうこう》の子《こ》、いろんな人《ひと》たちが集《あつ》まっている。

開催当日《かいさいとうじつ》までにやらなければいけないことが書《か》かれたプリントが配《くば》られ、目《め》を通《とお》す。

予算《よさん》、寄付《きふ》、広報《こうほう》、備品貸《びひんか》し出《だ》し、買《か》い出《だ》し、警備《けいび》や搬入《はんにゅう》、案内板《あんないばん》などなど、たくさんの項目《こうもく》がならんでいた。

「苦情対策《くじょうたいさく》って、どういう苦情《くじょう》が入《はい》るんですか……？」

だれかが手《て》をあげて質問《しつもん》をすると、実行委員長《じっこういいんちょう》が答《こた》える。

「いちばん多《おお》いのは騒音《そうおん》です。夜《よる》に住宅街《じゅうたくがい》の中《なか》で大音量《だいおんりょう》の音楽《おんがく》を流《なが》すので。あとは、ポイ捨《す》てをするお客《きゃく》さんもいるから、ゴミ問題《もんだい》とかも多《おお》いです。なので、あらかじめ近所《きんじょ》の人《ひと》たちに説明《せつめい》して、ご理解《りかい》いただくという流《なが》れになります。」

予想《よそう》はしていたけれど、思《おも》っていた以上《いじょう》にハードルが高《たか》そうだ……。

知《し》らない街《まち》で、知《し》らない人《ひと》たちといっしょにお祭《まつ》りづくりに挑戦《ちょうせん》する。そのことのたいへんさを、改《あらた》めて思《おも》い知《し》らされる。

だけど、ほかの人《ひと》たちからも、いろんな質問《しつもん》や意見《いけん》が飛《と》びかい、部屋《へや》の中《なか》が活気《かっき》づいていく。そのエネルギーに、わたしの胸《むね》の中《なか》には、不安《ふあん》よりもワクワクが広《ひろ》がっていくのを感《かん》じた。

4 神様《かみさま》、お願《ねが》いです

帰《かえ》り道《みち》、三人《にん》で自宅《じたく》の最寄《もよ》りの駅《えき》に着《つ》くと、マチ子《こ》ちゃんが『わたし、ちょっとスーパーで買《か》い物《もの》をたのまれたんだった。』と言《い》って、商店街《しょうてんがい》で別《わか》れた。

マチ子《こ》ちゃんのことだから、たぶん気《き》をつかって、ユウト君《くん》とふたりだけになるようにしてくれたんだと思《おも》う。

マンションまでの道《みち》、ユウト君《くん》ときょうのことを話《はな》しながら歩《ある》いた。

「ユウト君《くん》は、盆《ぼん》おどりのステージでどんな曲《きょく》を演奏《えんそう》したい？」

「ん～、まだぜんぜんイメージできないけど、いろんな世代《せだい》の人《ひと》たちにも、『おどりたい』って思《おも》ってもらえるようなのがいいな。勝手《かって》に体《からだ》が動《うご》くような。」

ユウト君《くん》はイキイキした目《め》で答《こた》えた。

「楽《たの》しみだな。学校《がっこう》のお友《とも》だちといっしょに出《で》るんだよね？」

「うん。みんなやる気満々《きまんまん》でさ、『期末試験《きまつしけん》どころじゃねー。』って、やりたい曲《きょく》をさがし合《あ》ってるよ。」

「ふふっ。わたしも期末試験《きまつしけん》のことなんて、わすれちゃってた。」

実際《じっさい》、ルルのケガの話《はなし》を聞《き》いてから、家事《かじ》をしていても上《うわ》の空《そら》だった。

「あのさ、さっきも、きこうと思《おも》ったんだけど。」

ユウト君《くん》はそう前置《まえお》きをすると、ふりむいて立《た》ち止《ど》まった。

「何《なに》かあった？」

「えっ……と……。」

「きょうは会《あ》ったときから、ちょっと元気《げんき》がないみたいだったから。」

いつもユウト君《くん》は、わたしの気持《きも》ちのちょっとした変化《へんか》にも気《き》がつく。

「うん……。」

わたしは一つ呼吸《こきゅう》をおいて、ルルのケガのことを話《はな》した。

「それは……、つらいね……。」

わたしの話《はなし》を聞《き》いて、ユウト君《くん》は言葉《ことば》を失《うしな》っている。

「ルルに連絡《れんらく》したんだけど、電話《でんわ》にも出《で》ないし、メッセージに既読《きどく》もつかないの。お父《とう》さんにきいたら、大会《たいかい》に向《む》けて猛練習《もうれんしゅう》をしていたから、かなり落《お》ちこんでいるみたい。」

「そうか……。そうなるよな。」

ユウト君《くん》は自分《じぶん》の両手《りょうて》を見《み》つめている。『ピアノが急《きゅう》に弾《ひ》けなくなったら？』そのときに思《おも》う自分《じぶん》の気持《きも》ちを重《かさ》ねているのかも……。

「あっ、でも、まだスケボーができないと決《き》まったわけじゃないから！　ケガが治《なお》らないわけじゃないし、ルルが本気《ほんき》を出《だ》したら、すごいことが起《お》きそうな気《き》もするし！」

「たしかに、あのパワフルなルルなら、『こんなケガなんかに負《ま》けない。』くらいなことは言《い》って、はねのける気《き》がする。」

ユウトくんも納得《なっとく》したように、笑顔《えがお》がもどる。

ちょうど、神社《じんじゃ》の前《まえ》を通《とお》りかかった。

「あっ、そうだ。」

急《きゅう》に思《おも》い立《た》って、わたしはユウト君《くん》をよび止《と》める。

「ちょっと、よってもいいかな？」

神社《じんじゃ》の鳥居《とりい》を指《ゆび》さしてたずねる。

「もちろん。」

ユウト君《くん》は、意図《いと》を察《さっ》してくれたのか、拝殿《はいでん》に向《む》かって歩《ある》きだした。

小《ちい》さなさいせん箱《ばこ》に、財布《さいふ》の中《なか》にある、ありったけの小銭《こぜに》を投《な》げ入《い》れる。

ふたりで頭《あたま》を二回下《かいさ》げ、拍手《はくしゅ》を二回《かい》、そしてまた頭《あたま》を下《さ》げた。

目《め》を閉《と》じて、深呼吸《しんこきゅう》をした。


神様《かみさま》。お願《ねが》いです。ルルのケガがよくなりますように！

ルルがまた、スケボーをすることができますように！

ルルがいつも笑顔《えがお》でいられますように！


この願《ねが》いが天《てん》までとどくように、アメリカにいるルルにもとどくように、おなかの底《そこ》から力《ちから》をこめて祈《いの》った。

お母《かあ》さんも、天国《てんごく》から応援《おうえん》していてね！

その日《ひ》の夜《よる》おそく。ルルから返信《へんしん》が来《き》た。
『返事《へんじ》、おくれてごめんね』
『こんどの大会《たいかい》も、オリンピックも、なくなっちゃった』
『もう、終《お》わった……』
あの元気《げんき》なルルから、こんな言葉《ことば》が出《で》てくるなんて……。
だけど、そうだよね。ルルの今《いま》の気持《きも》ちを思《おも》うと、胸《むね》が痛《いた》い。
『大会《たいかい》は、すごく残念《ざんねん》だね』
続《つづ》く言葉《ことば》が出《で》てこない……。
少《すこ》し考《かんが》えたあと、
『とにかく、早《はや》くルルに会《あ》いたいよ』
と打《う》って、送信《そうしん》ボタンをおした。
「あ〜、本気《ほんき》で、アメリカまでワープしたい。」

それから数日後《すうじつご》、ルルの帰国《きこく》の日《ひ》が決《き》まった。

お父《とう》さんから、ユキノさんとわたしに、くわしい日程《にってい》やケガの状態《じょうたい》、入院先《にゅういんさき》、自分《じぶん》もルルといっしょに帰国《きこく》はするけれど、仕事《しごと》でまたすぐにアメリカへもどらないといけない、と連絡《れんらく》が入《はい》った。

『星《ほし》カフェ』のみんなには、ルルがケガをして治療《ちりょう》のために、予定《よてい》より早《はや》く日本《にほん》に一時帰国《いちじきこく》することになったと、わたしから報告《ほうこく》をした。

アオ君《くん》はすぐさま、ルルに直接連絡《ちょくせつれんらく》をしたけれど、返事《へんじ》は来《こ》なかったらしい。

そして、梅雨《つゆ》らしく雨《あめ》の日《ひ》が続《つづ》く中《なか》、ルルとお父《とう》さんが帰国《きこく》する日《ひ》がやってきた。

ユキノさんがお父《とう》さんの車《くるま》を運転《うんてん》して、ふたりで空港《くうこう》へ行《い》く。ヒメちゃんは家《いえ》で留守番《るすばん》だ。

空港《くうこう》の到着《とうちゃく》ロビーで待《ま》っていると、お父《とう》さんたちが乗《の》っている便《びん》が到着《とうちゃく》したと、電光掲示板《でんこうけいじばん》に表示《ひょうじ》された。

ユキノさんと顔《かお》を見合《みあ》わせて、到着出口付近《とうちゃくでぐちふきん》にならぶ。

ルルがケガをしたと聞《き》いてからは、メッセージのやりとりだけで、まだ一度《いちど》もしゃべっていない。

鼓動《こどう》が早《はや》まる。

「あっ、ルル。」

車《くるま》いすに乗《の》ったルルと、それをおすお父《とう》さんが出口《でぐち》から出《で》てきた。

ふたりも、わたしたちを見《み》つける。

「おかえり、ルル、お父《とう》さん。」

すぐにかけよって、声《こえ》をかけると、

「ただいま。ココもユキノさんも、おむかえ、ありがとう。」

お父《とう》さんが答《こた》えた。

ルルは消《き》え入《い》りそうな声《こえ》で言《い》った。

「ただいま……。」

車《くるま》いすに乗《の》っているせいか、肩《かた》を落《お》としているせいか、ルルが小《ちい》さく見《み》える。

ルルの腰《こし》には、ぶあついコルセットのようなプロテクターがはめられていた。

きゃしゃな体《からだ》とのギャップが、とても痛々《いたいた》しく見《み》える。

日本《にほん》にいたときのルルとは、まるでちがう姿《すがた》におどろいた。

ケガのことを聞《き》いてはいたけれど、本人《ほんにん》と話《はな》していなかったので、実感《じっかん》がなかったのかもしれない……。

だけど、それでも、ルルが帰《かえ》ってきてくれて、心《こころ》の底《そこ》からうれしい。

わたしはグッと手《て》をにぎりしめると、

「おかえり、ルル。待《ま》ってたよ。」

もう一度《いちど》話《はな》しかける。

「こんなプロテクターみたいなのを、ずっとはめていなくちゃいけないんだね。痛《いた》みはないの？」

「薬《くすり》でおさえているから……、今《いま》は平気《へいき》。」

「そっか、飛行機《ひこうき》、たいへんだったね。」

短《みじか》い会話《かいわ》。でも、ちゃんと答《こた》えが返《かえ》ってくるだけでもホッとする。

帰《かえ》りの車《くるま》の中《なか》、

「日本《にほん》って、こういう風景《ふうけい》だったよね。たった数《すう》か月《げつ》しかはなれていなかったのに、不思《ふし》議《ぎ》な感《かん》じ。」

後部座席《こうぶざせき》にすわって、ルルが外《そと》をながめながら言《い》った。

「日本《にほん》に帰《かえ》ってきたって気《き》がするな。左側《ひだりがわ》を走《はし》るのがへんな感《かん》じだ。」

お父《とう》さんが明《あか》るく返《かえ》す。

「ふたりとも、日本食《にほんしょく》が恋《こい》しかったんじゃない？　退院《たいいん》したら、何《なに》か食《た》べたいものある？」

わたしも話《はなし》をふくらまそうとしたけれど、

「食欲《しょくよく》ない……。」

ルルのひとことで、会話《かいわ》が終《お》わってしまった。

そんなルルを見《み》ると腰《こし》だけでなく、ひざやひじにも絆創膏《ばんそうこう》がはってあったり、小《ちい》さな傷《きず》がいくつもあるのが目《め》についた。

ルルがスケボーを始《はじ》めたばかりのころ、『スケボーにケガはつきものだからね。どんだけ転《ころ》んでも、傷《きず》ができても、あきらめずに攻《せ》め続《つづ》けるところが、カッコいいんだよね〜。』と楽《たの》しそうに言《い》っていたのを思《おも》い出《だ》す。

「そういえば、アオ君《くん》もきょう、むかえに来《き》たがっていたよ。お見舞《みま》いにも行《い》きたいって言《い》って、いつがい。」

ルルはわたしの言葉《ことば》をさえぎり、

「あ～……、ことわっておいて。お見舞《みま》いはいいから。」

と、言《い》った。

一瞬《いっしゅん》合《あ》った目《め》をそらして、また外《そと》に顔《かお》を向《む》ける。

「アオだって、お見舞《みま》いに来《き》ているひまなんてないでしょ。受験生《じゅけんせい》だし、大会《たいかい》の練習《れんしゅう》だってあるし。ほかのみんなにも言《い》っておいて。LINE《ライン》だけで、じゅうぶんありがたいって。」

「うん……。わかった。」

「時差《じさ》ボケかな？　さすがにねむくなって

きたから、ねるね。」

ルルは大《おお》きなあくびをすると、水色《みずいろ》のキャップを目深《まぶか》にかぶりなおした。


「思《おも》い返《かえ》すと、ルルはずっと前《まえ》から腰《こし》をかばうようなしぐさをしていたんだ。」

テーブルの上《うえ》で手《て》を組《く》んで、お父《とう》さんは静《しず》かに話《はな》しはじめた。

ルルとお父《とう》さんを空港《くうこう》でむかえたあと、家《いえ》には帰《かえ》らず、そのままルルは入院《にゅういん》した。

お父《とう》さんは、ルルのトランクに入《はい》っていたスケートボードを家《いえ》に持《も》って帰《かえ》ろうとしたけれど、ルルは『お守《まも》りだから持《も》っておく！』と言《い》いはった。

家《いえ》に帰《かえ》って、ヒメちゃんを交《まじ》えて夕《ゆう》ごはんを食《た》べ終《お》えたあと、かたづけがすむとだれが声《こえ》をかけるでもなく、自然《しぜん》とみんながテーブルについた。

お父《とう》さんに話《はなし》を聞《き》くためだ。

ヒメちゃんは、みんなのかたい表情《ひょうじょう》を見《み》て何《なに》かを察《さっ》したのか、『お風呂《ふろ》、入《はい》ってくる。』と言《い》ってリビングを出《で》ていった。

お父《とう》さんによると、ルルはスケートボードパークに通《かよ》っているうちに、同《おな》い年《どし》くらいの地元《じもと》の仲間《なかま》ができたらしい。

どの子《こ》も上手《じょうず》でカッコよく、そんな仲間《なかま》たちから刺激《しげき》を受《う》けて、ルルはめきめきと上達《じょうたつ》していった。

けれどその分《ぶん》、失敗《しっぱい》したときの危険《きけん》はつきもので、ルルはよくケガをして帰《かえ》ってくるようになった。

お父《とう》さんが心配《しんぱい》して、『しばらく安静《あんせい》にしていなさい。』と言《い》っても、『すぐに練習《れんしゅう》にもどりたい。』『早《はや》くトリックを決《き》められるようになりたいから。』と言《い》って、ちゃんと治《なお》っていない状態《じょうたい》で、練習《れんしゅう》を再開《さいかい》してしまう。

ルルだけでなく、スケーターにはそういう人《ひと》が多《おお》いらしい。

「そんなに痛《いた》い思《おも》いをしても、練習《れんしゅう》をやめられないなんて……。」

ユキノさんが信《しん》じられないという顔《かお》をする。

「トリックが決《き》まったときのうれしさや興奮《こうふん》は、痛《いた》みのことなんか、ふきとばしてしまうらしいんだ。スケーター同士《どうし》もその努力《どりょく》やよろこびがわかるからこそ、たがいにリスペクトし合《あ》っている。それがスケボーのカッコいいところなんだろうね……。」

お父《とう》さんは、フッと息《いき》をはくと、手元《てもと》のグラスに視線《しせん》を落《お》とした。

「ただ、わたしがもっと早《はや》くに気《き》がついてやれていたら……。ここまでひどくならずにすんだのにな。」

「だれのせいでもないです……。」

ユキノさんが、いすにあさくすわりなおす。

「ケガをして、復帰《ふっき》があやぶまれたスポーツ選手《せんしゅ》だって、ちゃんと復活《ふっかつ》できた人《ひと》はたくさんいるじゃないですか。お医者《いしゃ》さんがなんと言《い》おうと、ルルちゃんは、きっとだいじょうぶです。まだ若《わか》いんだから、体力《たいりょく》はあるし、治《なお》るのも早《はや》いはずです。」

「うん。もちろん。ルルよりもっとひどい状態《じょうたい》から、奇跡的《きせきてき》に復帰《ふっき》しているスケーターもいるからね。希望《きぼう》はあるよ。」

さっきよりもハキハキした口調《くちょう》で、断言《だんげん》した。

「ただ、これからがたいへんなときに、日本《にほん》にいられなくて、申《もう》し訳《わけ》ない。ふたりには負《ふ》担《たん》をかけてしまうと思《おも》う。」

お父《とう》さんが頭《あたま》を下《さ》げると、ユキノさんが答《こた》える。

「お仕事《しごと》ですもの、しかたがないですよ。」

「わたしも、平気《へいき》。ルルのことは、こっちにまかせて。」

言葉《ことば》が自然《しぜん》とついて出《で》る。

これからのことを考《かんが》えると、お父《とう》さんがいないのは不安《ふあん》だ。入院時《にゅういんじ》の精密検査《せいみつけんさ》の結果《けっか》、手術《しゅじゅつ》することが決《き》まったルルは、もっと心細《こころぼそ》いかもしれない。

でも会社《かいしゃ》でのお父《とう》さんの立場《たちば》を考《かんが》えると、転勤《てんきん》した先《さき》で、お父《とう》さんが長《なが》いあいだ休《やす》むのはむずかしいことなんだろうなって、わたしでもわかる。

「わたしも、ルルちゃんが家《いえ》に帰《かえ》ってきたら、しっかりサポートできるようにしますから。ちょっとたよりないかもしれないけど。」

ユキノさんは肩《かた》をすくめて、わたしに笑《わら》いかけた。

「ありがとう。よろしくお願《ねが》いします。」

お父《とう》さんは深々《ふかぶか》と頭《あたま》を下《さ》げた。

ユキノさんとわたしがそれぞれ部屋《へや》にもどっても、リビングからは夜《よる》おそくまで光《ひかり》がもれ、お父《とう》さんが起《お》きている気配《けはい》がした。

翌日《よくじつ》、病院《びょういん》にルルの見舞《みま》いに行《い》ったあと、お父《とう》さんはアメリカに帰《かえ》っていった。

5 ピンポン玉《だま》？

「ヒメちゃん、きょうも神社《じんじゃ》に行《い》くから、もう少《すこ》し、スピードアップ！」

ふりかえって声《こえ》をかけると、ねむそうにあくびをしているヒメちゃんが、走《はし》りはじめた。

ユウト君《くん》といっしょに神社《じんじゃ》にお参《まい》りをした日《ひ》から、朝行《あさい》くのが日課《にっか》になっている。

最近《さいきん》ではヒメちゃんもくわわるようになった。

神社《じんじゃ》に着《つ》くと、手《て》と口《くち》を清《きよ》め、おさい銭《せん》を入《い》れて、二度礼《どれい》をして、二回《かい》、拍手《はくしゅ》、もう一度《いちど》ゆっくり頭《あたま》を下《さ》げて、手《て》を合《あ》わせる。

ヒメちゃんも最初《さいしょ》はわたしを見《み》ながらまねをしていたけれど、今《いま》ではすっかり慣《な》れたものだ。

目《め》を開《あ》けると、ヒメちゃんはまだ目《め》をつぶって願《ねが》い事《ごと》をしている。

「何《なに》をお祈《いの》りしてたの？」

「みんなで盆《ぼん》おどりに行《い》きたい。それから、夏休《なつやす》みの宿題《しゅくだい》が少《すく》なくなりますように。あとは、ルルちゃんのスケボーしてるところが見《み》たい。」

「二つ目《め》のお願《ねが》いは無理《むり》だろうな〜。」

「ええ〜。」

むくれた顔《かお》のヒメちゃんを置《お》いて、先《さき》に歩《ある》きはじめる。

「でも、最後《さいご》のお願《ねが》いは、いっしょ。」

じんわりと汗《あせ》がにじむ手《て》をぎゅっとにぎりしめて、ヒメちゃんとふたりで神社《じんじゃ》をあとにした。


病院《びょういん》には毎日《まいにち》お見舞《みま》いに行《い》った。

ルルはやっぱり元気《げんき》がない。

病室《びょうしつ》は外《そと》からの日差《ひざ》しが入《はい》って明《あか》るい。看護師《かんごし》さんたちも、みないい人《ひと》たちだ。でも、部屋《へや》でさみしそうにぽつんとすわっているルルを見《み》ると、今《いま》すぐにでも連《つ》れ出《だ》したくなる。

腰《こし》の容態《ようたい》は良好《りょうこう》らしく、炎症《えんしょう》もだいぶおさまってきているので、かんたんなリハビリが始《はじ》まった。

だけど、ルルはときおり腰《こし》に手《て》を当《あ》て、身《み》をよじるような痛《いた》みとたたかっていた。

見《み》ているこちらも、思《おも》わず自分《じぶん》の腰《こし》をおさえてしまうくらい、痛《いた》そうでつらそうで、思《おも》わず目《め》をそらしてしまいそうになる。

『星《ほし》カフェ』のみんなからも、ルルのことを心配《しんぱい》するメッセージが、わたし個人《こじん》のLINE《ライン》にとどいている。

アオ君《くん》やユウト君《くん》も会《あ》いに来《き》たいと連絡《れんらく》をくれるけれど、ルルは相変《あいか》わらず『ことわっておいて。』と言《い》うばかりで、いい返事《へんじ》はできていない。

お見舞《みま》いに通《かよ》っても、何《なに》もできないまま帰《かえ》るたびに、自分《じぶん》の無力《むりょく》さを感《かん》じた。

夕方《ゆうがた》、学校《がっこう》から帰宅《きたく》して、病院《びょういん》に行《い》こうとエレベーターを待《ま》っていると、ドアが開《ひら》いた

瞬間《しゅんかん》、

「あっ！　ココちゃん、ちょうどよかった〜。」

急《きゅう》に自分《じぶん》の名前《なまえ》をよばれ顔《かお》を上《あ》げると、中《なか》にユウト君《くん》のおさななじみの海老原里緒《えびはらりお》ちゃんと、同《おな》じマンションに住《す》んでいる滝川双葉《たきがわふたば》ちゃんが乗《の》っていた。

「わっ、海老原《えびはら》さん。」

海老原《えびはら》さんは、四月《がつ》に交通事故《こうつうじこ》にあって入院《にゅういん》していた。その時《とき》ユウト君《くん》とお見舞《みま》いに行《い》って以来《いらい》、初《はじ》めて会《あ》う。

「きょうは、ユウトの家《いえ》で、盆《ぼん》おどりで演奏《えんそう》するステージのミーティングをやってるの。ココちゃんに会《あ》いたかったから、ぬけ出《だ》して、フタバをさそってきちゃった。」

海老原《えびはら》さんは説明《せつめい》しながら、わたしの腕《うで》を引《ひ》いてエレベーターに乗《の》せる。

そのまま三人《にん》で一階《かい》までおりると、エントランスロビーにあるソファにすわった。

「改《あらた》めて——。」

海老原《えびはら》さんは前置《まえお》きして、姿勢《しせい》を正《ただ》した。

「事故《じこ》のときは、わざわざ病院《びょういん》に来《き》てくれて、ありがとう。ちゃんとお礼《れい》を言《い》えてなかったから、ずっと会《あ》いたかったんだ。」

「いえ、わたしは何《なに》も。元気《げんき》そうで、ほんとよかった。」

「あたりまえ。そうたやすく死《し》んでたまるかっていうのよ。」

海老原《えびはら》さんは得意《とくい》げな顔《かお》で答《こた》えると、コロッと話題《わだい》を変《か》えた。

「ところで、ユウトからチラッと聞《き》いたよ。あなたのお姉《ねえ》さん、ケガしたって。くわしいことは聞《き》いてないけど、たいへんだね。」

「ルル、だいじょうぶなの？」

フタバちゃんも真剣《しんけん》な顔《かお》でたずねる。

「少《すこ》しずつ治《なお》ってきてはいるみたいなんだけど、まだまだ痛《いた》そうで……。」

答《こた》えながら、ふと思《おも》った。

そうだ、海老原《えびはら》さんならわかるかも……。

「あのっ、そういうときって、どうしたらいいと思《おも》う？　海老原《えびはら》さんが入院《にゅういん》してたとき、こうしてもらうと楽《らく》だったとか、痛《いた》みがやわらいだとか、何《なに》かあったかな？」

海老原《えびはら》さんが口《くち》を開《ひら》く。

「わたしのときとケガの程度《ていど》がちがうだろうから、なんとも言《い》えないけど、体《からだ》をさすってもらうだけでも気持《きも》ちがよかったよ。

〝手当《てあ》てする〟って言葉《ことば》があるじゃない。文字《もじ》どおり、人《ひと》の手《て》でふれるだけでも思《おも》いは伝《つた》わるし、元気《げんき》な力《ちから》が流《なが》れるんじゃない？　ほら、こんなふうに。」

海老原《えびはら》さんがわたしの腰《こし》に手《て》を当《あ》てた。

最初《さいしょ》はビクッとしたけど、手《て》のひらからあたたかな熱《ねつ》が伝《つた》わってくるのを感《かん》じて、なんだか、ホッとする。ほんとだ……。

「ありがとう。そうしてみる！」

「このわたしにケンカ腰《ごし》でせまってきたのは、あの子《こ》だけよ。もともとあれだけガッツがあるんだから、きっと元気《げんき》になるわよ。ううん、前《まえ》よりもっとかも。」

海老原《えびはら》さんがクスクス笑《わら》う。ルルが、初対面《しょたいめん》の海老原《えびはら》さんに平気《へいき》でつっかかっていった姿《すがた》を思《おも》い出《だ》すと、口《くち》がほころんでくる。

「たしかに、あのルルなら、だいじょうぶ。」

フタバちゃんが横《よこ》で深《ふか》くうなずいている。

ルルとフタバちゃんは、小学生《しょうがくせい》のとちゅうまではとても仲《なか》がよかった。けれどある時期《じき》からはまるで犬猿《けんえん》の仲《なか》になり、会《あ》ってもおたがいにあいさつもせず、ルルはフタバちゃんへの文句《もんく》ばかり言《い》っていた。

「ココ、わたしもルルがもう少《すこ》し元気《げんき》になったら、会《あ》いに行《い》きたい。」

フタバちゃんがおずおずと言《い》った。

「うん。もちろん。」

わたしは、はっきりと答《こた》える。

「じゃ、そろそろもどろうか。とにかく、最高《さいこう》のお祭《まつ》りにしようね！」

海老原《えびはら》さんがとびっきりのスマイルでウィンクした。

あんな事故《じこ》にあったとは思《おも》えないくらいイキイキしていて、勇気《ゆうき》がわいてくる。

エントランスでふたりとわかれて、わたしは病院《びょういん》に向《む》かった。

病室自体《びょうしつじたい》は明《あか》るいのに、きょうも空気《くうき》が重《おも》たい。

わたしはその空気《くうき》を打《う》ちやぶるように声《こえ》をかける。

「ルル、来《き》たよ！」

ところが、ルルはベッドの上《うえ》で、顔《かお》をしかめて痛《いた》みにたえるように、クッションをにぎりしめている。

「ルルっ！」

とっさにかけよる。

「ぜんぜん、治《なお》らないじゃん……。」

ルルが歯《は》をくいしばるように、くぐもった声《こえ》で言《い》う。

「手術《しゅじゅつ》して、安静《あんせい》にしていれば痛《いた》みも落《お》ち着《つ》いてくるって言《い》ってたのに。だから、ずっとがまんしてきたのに、まったくよくなってないっ。むしろ、もっとひどくなってるよ……。」

目《め》じりに涙《なみだ》をためて、怒《いか》りをあらわにする。

「ちょっと待《ま》ってて！　看護師《かんごし》さん、よぶからっ。痛《いた》み止《ど》めのお薬《くすり》、もらおう。」

わたしは、あわててナースコールをおした。

すぐに看護師《かんごし》さんが来《き》てくれたけど、痛《いた》み止《ど》めは一日《いちにち》に決《き》められた量《りょう》しか飲《の》めず、あと二時間《じかん》待《ま》つようにと言《い》われた。

ルルは目《め》の前《まえ》で、ずっと痛《いた》がっている。

そうだ!

海老原《えびはら》さんから聞《き》いた言葉《ことば》を思《おも》い出《だ》し、ベッドのはしに腰《こし》をおろした。

手術《しゅじゅつ》の傷口《きずぐち》は、まだ抜糸《ばっし》をしていないので、直接《ちょくせつ》はさわれない。横向《よこむ》きにねているルルの腰《こし》に、手《て》を当《あ》てる。

痛《いた》みが、少《すこ》しでもやわらぎますように。

つらい思《おも》いを、とりのぞくことができますように。

心《こころ》の中《なか》で何度《なんど》も祈《いの》りながら、ルルの腰《こし》をそっとさすり続《つづ》けた。

しばらくすると、ルルのうめき声《ごえ》は、スースーというおだやかな寝息《ねいき》に変《か》わっていた。

翌日《よくじつ》から、歩行《ほこう》のリハビリも始《はじ》まった。

使《つか》っていなかった筋肉《きんにく》を動《うご》かす練習《れんしゅう》をするため、相変《あいか》わらず痛《いた》そうにはしていたけれど、もともと運動神経《うんどうしんけい》がよかったからか、リハビリは順調《じゅんちょう》に進《すす》んでいるみたいだった。

それから十日後《とおかご》、松葉杖《まつばづえ》を使《つか》って歩行《ほこう》できるようになったタイミングで、ルルは病院《びょういん》を退院《たいいん》した。

ケガの状態《じょうたい》だけみれば、かなり早《はや》いスピードで回復《かいふく》しているらしい。

けれど、ルルの心《こころ》は、ずっと置《お》いてきぼりだ。

退院《たいいん》してからも、アオ君《くん》たちに会《あ》おうとはせず、自分《じぶん》の部屋《へや》に閉《と》じこもって、出《で》てこない。

ごはんをいっしょに食《た》べたり、たまにリビングでテレビを観《み》たりすることもあるけれど、それ以外《いがい》のときは、傷《きず》がまだ痛《いた》いからと言《い》って、ベッドの上《うえ》ですごすのがほとんどだ。

痛《いた》みは、以前《いぜん》よりは薬《くすり》でおさまるようにはなったみたいだけど、夜《よる》になると、ルルの部《へ》屋《や》からはいつもつらそうな声《こえ》が聞《き》こえてくる。

ルルの部屋《へや》からイビキが聞《き》こえたときは、ユキノさんとふたりでガッツポーズをしてしまった。

「ねえ、ルル。こんど盆《ぼん》おどりのミーティングがあるんだけど、いっしょに行《い》ってみない？」

夕《ゆう》ごはんのとき、わたしは思《おも》い切《き》ってたずねてみた。

「行《い》かない。」

ルルは間《ま》をあけずに答《こた》える。向《む》かいにすわって、こちらも見《み》ずに、トンカツにソースをかけている。

となりにすわっているヒメちゃんが、心配《しんぱい》そうにわたしを見《み》る。

「今《いま》すぐってわけじゃなくて……、盆《ぼん》おどりは八月《がつ》の最後《さいご》だから、それまでには時間《じかん》もあるし。」

「どうせそのころも松葉杖《まつばづえ》だよ。遠《とお》くまでは行《い》けないって。」

ルルはソースのボトルを何度《なんど》もひっくり返《かえ》しながら言《い》った。

「あっ、ユキノさんに、『土日《どにち》なら車《くるま》を運転《うんてん》してもらえる？』ってたのんであるよ。」

「でも、会場《かいじょう》に行《い》けたとしても、そこからがたいへんじゃん。松葉杖《まつばづえ》じゃおどれないし、食《た》べ歩《ある》きもできない。」

「お客《きゃく》さんでもいいけど、スタッフとして、いっしょにお手伝《てつだ》いするとか。」

わたしはあきらめずに食《く》い下《さ》がる。

ヒメちゃんは、このやりとりを、首《くび》を左右《さゆう》に動《うご》かして、真剣《しんけん》に見守《みまも》っている。

「スタッフなんて、なおさら無理《むり》だよ。だって、何《なに》もできないじゃん。」

「それは、わからないよ。」

わたしはすぐに反論《はんろん》する。

「そもそもスケボーができないなら、どうだっていいよ。」

ルルは、はきすてるように言《い》った。

シーンと部屋《へや》が静《しず》まりかえる。

「ごめん……。せっかくのごはんなのに、へんな空気《くうき》にしちゃって。」

ルルがうつむいて、小《ちい》さな声《こえ》で言《い》った。

「ううん。わたしこそ、ごめん。」

ヒメちゃんがボソッと口《くち》を開《ひら》く。

「卓球《たっきゅう》の試合《しあい》みたいだった。」

「えっ？　卓球《たっきゅう》？」

急《きゅう》に関係《かんけい》のない言葉《ことば》が出《で》てきて、きき返《かえ》す。

「うん。ピンポン球《だま》っぽい。」

ヒメちゃんが首《くび》を左右《さゆう》にふって、わたしとルルを交互《こうご》に見《み》る。

「たしかに。」

ルルがフッと笑《わら》って答《こた》える。

「ヒメちゃん、卓球《たっきゅう》、やったことあるの？」

ルルがたずねた。

「うん。学童《がくどう》で、たまに卓球《たっきゅう》、やってた。」

ヒメちゃんの一言《ひとこと》で話題《わだい》がそれて、この場《ば》の緊張《きんちょう》がほぐれたのを感《かん》じる。

ありがとう、ヒメちゃん！

心《こころ》の中《なか》でさけぶかたわら、以前《いぜん》、ルルに『ココはいつも、〝でも〟〝だけど〟ばっかり。』と言《い》われたのを思《おも》い出《だ》した。

今《いま》のルルは、あのときのわたしに似《に》ているのかもしれない……。

6 こんどは、わたしが

終業式《しゅうぎょうしき》。長《なが》いようで短《みじか》かった一学期《がっき》が、きょうで終《お》わる。

体育館《たいいくかん》での全体集会《ぜんたいしゅうかい》のあと、教室《きょうしつ》にもどっているとちゅう、

「水庭《みずにわ》さん、渡辺君《わたなべくん》、教室《きょうしつ》に運《はこ》んでもらいたいものがあるから、職員室《しょくいんしつ》に来《き》てもらえる？」

担任《たんにん》の先生《せんせい》から声《こえ》をかけられた。

同《おな》じ学級委員《がっきゅういいん》の渡辺君《わたなべくん》といっしょに職員室《しょくいんしつ》に行《い》くと、先生《せんせい》のつくえの上《うえ》にクラス全員《ぜんいん》に配《くば》る夏休《なつやす》みの注意事項《ちゅういじこう》が書《か》かれたプリントや、防災《ぼうさい》についての資料《しりょう》、みんなに返《かえ》す数学《すうがく》のノートがつまれている。

「きょうで、一学期《がっき》は最後《さいご》だから、しっかり仕事《しごと》おさめをしようか。」

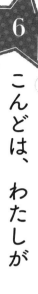

先生《せんせい》は目《め》を細《ほそ》めて、わたしと渡辺君《わたなべくん》にプリントやノートの山《やま》を手《て》わたした。

「うえっ。」

渡辺君《わたなべくん》がカエルみたいな声《こえ》を出《だ》す。

けれど、先生《せんせい》はおかまいなしに、笑顔《えがお》で『あとちょっとだから、がんばろう！』と言《い》って、わたしたちを送《おく》り出《だ》した。

教室《きょうしつ》まで運《はこ》ぶあいだ、

「学級委員《がっきゅういいん》なんて、もう二度《にど》とやらない。」

渡辺君《わたなべくん》が口《くち》を開《ひら》いた。

わたしと同《おな》じように、クラスメイトのひやかしで学級委員《がっきゅういいん》に推薦《すいせん》されてしまってから、渡辺君《わたなべくん》は何度《なんど》となくグチをこぼしてきた。

最初《さいしょ》は号令《ごうれい》さえも、まとまらない状態《じょうたい》だったし、運動会《うんどうかい》の種目《しゅもく》決《ぎ》めだって、うまく進行《しんこう》できなかった。

それでクラスの子《こ》たちから文句《もんく》を言《い》われたりもしたけれど、きょうで最後《さいご》だと思《おも》うと、しんみりしてしまう。

「なんだか、あっという間《ま》だったね。」

思《おも》わず口《くち》からこぼれた。

「うん。これでやっと解放《かいほう》されるって思《おも》っていたけど……。いざ最終日《さいしゅうび》になってみると、予想《よそう》していたよりも、あんまりうれしくないかも。」

渡辺君《わたなべくん》は口元《くちもと》をゆるめる。

「二学期《がっき》もやりたい？」

「とんでもないっ。二学期《がっき》は一学期《がっき》よりも長《なが》いし、合唱祭《がっしょうさい》もあるし、めんどくさい行事《ぎょうじ》だらけだから、ぼくはぜったいに、いやだ。」

渡辺君《わたなべくん》は早口《はやくち》で答《こた》えた。

「水庭《みずにわ》さんは、やりたいの？」

「まさかっ！　合唱《がっしょう》の練習《れんしゅう》に人《ひと》が集《あつ》まらなくて、クラスが崩壊《ほうかい》している未来《みらい》が目《め》に見《み》えるもの！」

わたしも大《おお》きく首《くび》をふりながら、早口《はやくち》で返《かえ》す。

「でもね……、一学期《がっき》、学級委員《がっきゅういいん》をやれて、よかったなって思《おも》ってるよ。」

心《こころ》の中《なか》で、もう一つうかんでくる気持《きも》ちも伝《つた》えた。

「うん。じつは、ぼくも。」

渡辺君《わたなべくん》も、さっきまでのかたくなな表情《ひょうじょう》を変《か》え、やわらかくほほえんだ。

「そうだっ、渡辺君《わたなべくん》。こうなったら、最後《さいご》の号令《ごうれい》は思《おも》いっきり大《おお》きな声《こえ》でやらない？」

ふいに口《くち》にした提案《ていあん》に、自分《じぶん》でもおどろく。

「クラスのみんな、いやがりそう……。」

渡辺君《わたなべくん》は、ちょっと引《ひ》きつった顔《かお》をしたけれど、

「だけど……、そうだね。たしかに、最後《さいご》だし。やろうか。」

覚悟《かくご》を決《き》めたように、コクッとうなずいた。

そんな打《う》ち合《あ》わせがあって、むかえた帰《かえ》りのホームルーム。

「じゃあ、みなさん。また二学期《がっき》に会《あ》いましょう。」

先生《せんせい》が全員《ぜんいん》に告《つ》げて、いちばん前《まえ》の席《せき》にいるわたしを見《み》た。号令《ごうれい》の合図《あいず》だ。

よーし。

教室《きょうしつ》のうしろにいる渡辺君《わたなべくん》にアイコンタクトを送《おく》る。

ふーっと息《いき》をしてタイミングを合《あ》わせると、

「起立《きりつ》っ！」

ふたりで大《おお》きな声《こえ》を出《だ》した。

「わっ。」

先生《せんせい》が目《め》を丸《まる》くする。

「気《き》をつけ！」

練習《れんしゅう》をしたわけではないけれど、この数《すう》か月《げつ》、毎日《まいにち》くりかえしてきたから、タイミングや間《ま》の長《なが》さは感覚《かんかく》でわかる。

「礼《れい》！」

バッチリと声《こえ》が合《あ》った。

「さようなら。」

クラスの子《こ》たちも、ふたりの声量《せいりょう》につられたのか、ふだんよりも声《こえ》が大《おお》きい。

「はいっ。学級委員《がっきゅういいん》の水庭《みずにわ》さん、渡辺君《わたなべくん》、みんなも、一学期《がっき》お疲《つか》れ様《さま》でした。」

先生《せんせい》は満足《まんぞく》げな顔《かお》で、全員《ぜんいん》に向《む》かって拍手《はくしゅ》を送《おく》った。

夏休《なつやす》み初日《しょにち》。

本格的《ほんかくてき》に夏《なつ》がやってきたことを知《し》らせるような、まっ青《さお》な夏空《なつぞら》が広《ひろ》がった。

ヒメちゃんはユキノさんといっしょに、海浜公園《かいひんこうえん》にあるプールに行《い》っている。

そして、きょうはルルが出場《しゅつじょう》するはずだったスケートボードの大会《たいかい》の日《ひ》で、アオ君《くん》から『星《ほし》カフェ』のLINE《ライン》グループにメッセージがとどいた。

男子《だんし》の部《ぶ》に出場《しゅつじょう》するので、自分《じぶん》が出《で》る種目《しゅもく》と時間《じかん》、ネット配信《はいしん》もされるということで、サイトのURL《ユーアールエル》、それから『応援《おうえん》よろしく！』と送《おく》られてきた。

みんなからは応援《おうえん》メッセージやスタンプが飛《と》びかっていたけれど、ルルからの反応《はんのう》はなかった。

LINE《ライン》だけでなく、ルルは朝《あさ》ごはんも昼《ひる》ごはんのときも、大会《たいかい》のことにはいっさいふれない。

なんとなくただよう重《おも》い空気《くうき》を、きっとルル本人《ほんにん》も感《かん》じているし、この前《まえ》の夕《ゆう》ごはんのときに『ごめん。』ってあやまったように、自分《じぶん》のせいだと思《おも》っているにちがいない。

「ん〜、どうしたら、ルルが元気《げんき》になるだろう？」

スーパーで買《か》い物《もの》をしながら、自然《しぜん》と口《くち》からもれた。

ルルが『おいしそうっ！』と目《め》をかがやかせ、だれよりも先《さき》にごはんに食《く》いついていた姿《すがた》がなつかしい……。またあの満面《まんめん》の笑顔《えがお》を見《み》たい。

よし、きょうはルルとふたりだけだし、思《おも》い切《き》って、ギョウザとスタミナラーメンにしちゃおうかな。ルルが好《す》きなメンマを山盛《やまも》りにしよう！

メニューがうかび、わたしは通《とお》りすぎたラーメンコーナーにかけ足《あし》でもどった。


「ただいまー。」

玄関《げんかん》のドアを開《あ》けて、声《こえ》をかける。

「外《そと》はまだまだ蒸《む》し暑《あつ》いよ。」

姿《すがた》は見《み》えないけど、ルルに話《はな》しかけながらろうかを歩《ある》く。

めずらしく部屋《へや》のドアが開《あ》いていて、中《なか》にルルの姿《すがた》はない。リビングかな？

リビングやキッチンをのぞいても、ルルの姿《すがた》が見《み》えない。

「あれ？　ルル？」

いやな予感《よかん》がする。

ルルの部屋《へや》に入《はい》ると、クローゼットの中《なか》から、引《ひ》っ張《ぱ》り出《だ》されたトランクが、開《あ》けっぱなしになっている。

何《なに》か、取《と》り出《だ》した……？

部屋《へや》を注意深《ちゅういぶか》く見回《みまわ》す。

「スケートボードがない……？」

ルルが使《つか》っていた、スケートボードをくくりつけられるリュックサック、いつもかぶっている、アオ君《くん》からもらった水色《みずいろ》のキャップも見当《みあ》たらない。

その事実《じじつ》に気《き》がついたとたん、息《いき》をのんだ。

スマホとかぎを持《も》って、家《いえ》を飛《と》び出《だ》す。

ヒメちゃんがいなくなったときを思《おも》い出《だ》す。

状況《じょうきょう》はそっくりだけど、ルルが行《い》きそうな場所《ばしょ》は、すぐにわかった。

いつもスケボーをしていたスケートボードパークにいるはず。

昼間《ひるま》のあいだにたまった熱《ねつ》と、なまぬるい風《かぜ》で、外《そと》はすごい蒸《む》し暑《あつ》さだ。

走《はし》っていると汗《あせ》がふき出《で》てくる。

二十分《ぷん》ほど走《はし》って、ようやくパークにたどり着《つ》く。

すると、うす暗闇《くらやみ》の中《なか》、おぼつかない足取《あしど》りで、スケボーの上《うえ》に立《た》とうとしているルルの姿《すがた》が見《み》えた。

ルルはバランスをくずし、たおれそうになる。

「あぶないっ。」

あわててかけより、ルルの体《からだ》を支《ささ》える。

「またケガしちゃうよ。」

「ほっといて！」

ルルがわたしの体《からだ》をおしのけて、スケボーに乗《の》ろうとする。

「ダメだよっ。」

わたしは必死《ひっし》にうしろからだきつくようにルルを止《と》めた。

けれど、ルルはその手《て》をはらう。

「はなして！」

ルルは抵抗《ていこう》するたびに、痛《いた》そうに顔《かお》をしかめる。わたしは思《おも》わず、手《て》を引《ひ》っこめた。

「いきなり動《うご》いたら、腰《こし》に悪《わる》いよ。急《きゅう》にどうしたの？」

手《て》を出《だ》せない代《か》わりに、話《はな》しかける。

「きょうの大会《たいかい》、中一《ちゅう》の子《こ》が優勝《ゆうしょう》したって。あたしがずっと練習《れんしゅう》をしてたトリックを決《き》めてさ。」

スケボーに左足《ひだりあし》を乗《の》せながら、ルルが答《こた》えた。

「一年前《ねんまえ》に優勝《ゆうしょう》したあたしのことなんか、みんなわすれてるし。『水庭流々《みずにわるる》なんて、いたっけ？』って感《かん》じ。早《はや》く復帰《ふっき》して、もっとすごいトリックを決《き》めなきゃ。」

ルルはふるえる足《あし》で、なおもスケボーに乗《の》ろうとする。

「無茶《むちゃ》しないで。ほんとに歩《ある》けなくなっちゃう！」

見《み》ていられず、わたしはルルの肩《かた》をつかむ。

「歩《ある》けなくなったっていいよ！」

ルルがさけんだ。

見開《みひら》いた目《め》には、涙《なみだ》がにじんでいる。

「スケボーができないなら、どうなったっていいよっ。」

そうつぶやいたとたん、体《からだ》のバランスを失《うしな》い、その場《ば》にしゃがみこむ。

わたしはあわててルルの腰《こし》を支《ささ》えた。

「スケボーのできないあたしなんて、なんの価値《かち》もないもん。アオだって、こんなのといっしょにいたって、つまらないよ。あたしからスケボーを取《と》ったら、何《なに》も残《のこ》ってなかった。」

力《ちから》なく肩《かた》を落《お》とし、ぼう然《ぜん》と、まっくらなひとみでどこかを見《み》つめる。

「もう、消《き》えちゃいたい……。」

ルルの中《なか》に灯《とも》っていたあかりが、静《しず》かに光《ひかり》を失《うしな》っていくように感《かん》じて、とっさにルルの手《て》を両手《りょうて》でにぎりしめた。

「ちがうっ。ルルは、ここにいるよ。ルルは、ここにいる。スケボーができなくたって、関係《かんけい》ない。ルルはルルだよ。わたしの大事《だいじ》なルルは、ここにいる！」

そうよ。ルルは明《あか》るくて、まわりを巻《ま》きこむエネルギーがあって、いっしょにいるだけで元気《げんき》になる。

「スケボーができない人《ひと》は不幸《ふこう》なの？」

ぐっと力《ちから》を入《い》れて、ルルを見《み》る。

「みんなに覚《おぼ》えてもらえるくらい、すごいことができなきゃダメなの？　得意《とくい》なものとか、好《す》きなものがないと、価値《かち》がないの？

そんなことないよ……、ぜったいにない。だって、何《なに》も持《も》っていない、自信《じしん》がないわたしを認《みと》めて、はげましてくれたのは、ルルだよ。

自分《じぶん》に価値《かち》がないなんて、言《い》わないで。」

お願《ねが》い……。

殻《から》の中《なか》にいるルルにとどくように、わたしは思《おも》いをこめた。

ルルの大《おお》きなひとみから、ポロポロと涙《なみだ》があふれる。身体中《からだじゅう》から力《ちから》がぬけていくのがわかる。

「あたしは、もう、変《か》わっちゃったんだよ……。」

小《ちい》さくこぼれた声《こえ》に、わたしは気《き》づかないふりをした。

「帰《かえ》ろう。」

ルルがうなずくと、肩《かた》にルルの腕《うで》をかけ、腰《こし》を支《ささ》えて、いっしょにゆっくりと立《た》ち上《あ》がる。

今《いま》すぐじゃなくてもいい。

でも、いつか必《かなら》ず、またルルの笑顔《えがお》が見《み》たい。

こんどは、わたしがルルをはげますんだ。

7 おかえり

夕《ゆう》ごはんの買《か》い物《もの》に行《い》こうとしたとき、ピンポンッ、ピンポンッ、ピンポーーンッと、連続《れんぞく》でインターホンが鳴《な》った。

「わっ、わっ、出《で》ます。出《で》ますー！」

わたしは、あわててモニターの画面《がめん》にかけつける。

ヒメちゃんもバルコニーで洗濯物《せんたくもの》を取《と》りこんでいる手《て》を止《と》めて、窓《まど》から顔《かお》をのぞかせる。

さすがに音《おと》がうるさかったのか、部屋《へや》にいたルルさえも、迷惑《めいわく》そうな顔《かお》をして、リビングまで壁《かべ》を伝《つた》って歩《ある》いてきた。

ボタンをおして呼《よ》び出《だ》しに応《こた》えると、画面《がめん》いっぱいにアオ君《くん》の顔《かお》がうつしだされた。

「おっ、ココちゃんかな？　やっほー。ルル、いる？　おーい、ルル！　いるんだろー？」

「アオ君《くん》、こんにちは。ルルはね……。」

答《こた》えようとしてふりかえると、ルルは両手《りょうて》で〝バツ〟印《じるし》をつくる。

「あたしは『ねてる』って言《い》って。」

「ルル～、となりで話《はな》してるの、聞《き》こえてるぞ～。」

アオ君《くん》がモニターに向《む》かって、ニヤリと歯《は》を見《み》せた。

「うっ……。」

ルルはギクッと肩《かた》をいからせ、しぶしぶ『どうぞ。』とつぶやく。

退院《たいいん》してきてからも、ルルはだれとも会《あ》いたがらなかったので、わたしは心《こころ》の中《なか》でアオ君《くん》に感謝《かんしゃ》をする。

「ココもいっしょにいて。」

ルルはわたしを引《ひ》き止《と》めると、自分《じぶん》の部屋《へや》にはもどらず、ゆっくりとソファへ移動《いどう》した。

ヒメちゃんは、ルルの緊張《きんちょう》を感《かん》じ取《と》ったのか、リビングのゆかで静《しず》かに洗濯物《せんたくもの》をたたみはじめた。

「おっじゃましまっす〜。」

アオ君《くん》がリビングに入《はい》ってくると、部屋《へや》の空気《くうき》がガラッと変《か》わった気《き》がした。外《そと》の太陽《たいよう》をそのまま背負《せお》ってきたかのような明《あか》るさだ。

アオ君《くん》は、わたしとヒメちゃんにあいさつをすると、

「おっす！　ルル。ひさしぶり！」

いつもの調子《ちょうし》で声《こえ》をかけた。

ルルはスッと目《め》をそらす。

「何《なに》しに来《き》たの？」

「えー、いきなり冷《つめ》たいこと言《い》うなよ。何《なに》もなきゃ、来《き》ちゃいけないの？」

アオ君《くん》は、素《そ》っ気《け》ない返事《へんじ》にも動《どう》じない。

「べつに、そこまで言《い》ってない。」

「じゃあ、いいじゃん。それに、きょうは大事《だいじ》な用《よう》があるんだ。」

アオ君《くん》はどかどかとソファの前《まえ》まで来《く》ると、リュックの中《なか》からスマホを取《と》り出《だ》した。

「きのうの大会《たいかい》の動画《どうが》、観《み》ようぜ。反省会《はんせいかい》につき合《あ》って！」

「はっ？」

ルルはおどろいて、すぐにまゆをよせ、おこった声《こえ》でたずねる。

「なんで⁉　スケボーなんて、観《み》たくないよ！」

「まあまあ、そう言《い》わず。ほら、ケガにひびくよ。おとなしくすわって。」

アオ君《くん》はルルのいらだちにひるむことなく、スマホをテレビに接続《せつぞく》しはじめる。

「スケボーをできないあたしが観《み》たって、意味《いみ》ないってば！　ひとりで反省《はんせい》していればいいじゃん！」

ルルは、なおも抵抗《ていこう》する。

「え〜、さびしいこと、言《い》うなよ。オレも今回《こんかい》は新《あたら》しい種目《しゅもく》に挑戦《ちょうせん》するから、めっちゃがんばってさ、優勝《ゆうしょう》……ん〜、表彰台《ひょうしょうだい》には立《た》つつもりで、練習《れんしゅう》したんだよ。新《あたら》しいトリックだって、成功率《せいこうりつ》は低《ひく》いけどメイクできるようになっていたし。おかげで、とちゅうまではいい調子《ちょうし》だったんだけど、失敗《しっぱい》しちゃってさ。どこがいけなかったか、ルルのアドバイスがほしいんだ。」

アオ君《くん》がセットし終《お》えると、ゆかであぐらをかいてふりむく。

「だいたいさ、大会《たいかい》のあとといえば、反省会《はんせいかい》だろ？　前《まえ》からやってたじゃん。」

当然《とうぜん》のように言《い》ってのけた。

ルルは目《め》をぱちくりすると、

「まあ……そうだけど……。」

ぼそっと答《こた》える。

「そうこなくっちゃっ！　じゃあ、ちょっとつき合《あ》ってね。ココちゃんとヒメちゃんも、よかったら観《み》て。」

「ありがとう。」

わたしはヒメちゃんといっしょに、ソファの前《まえ》のラグマットにすわった。

アオ君《くん》が再生《さいせい》ボタンをおすと、試合会場《しあいかいじょう》がうつしだされた。

ここまで来《く》ると、ルルは抵抗《ていこう》するのはあきらめたようで、テレビと距離《きょり》をとるようにソファに深《ふか》くもたれ、クッションで顔《かお》を半分《はんぶん》だけかくしている。

「この動画《どうが》はね、いつも行《い》ってるショップのオーナーさんが撮《と》ってくれたんだ。きのうの夜《よる》からねないで編集《へんしゅう》してくれたんだって。ときどきオーナーさんの声《こえ》が入《はい》っていて、笑《わら》っちゃうけど。画質《がしつ》もいいいんだよねー。」

アオ君《くん》はルルの様子《ようす》を気《き》にすることなく、マイペースに解説《かいせつ》を入《い》れていく。

「さあ、まずはオレの絶好調《ぜっこうちょう》な予選《よせん》一本目《ぽんめ》を観《み》てもらおうかな。ほかの選手《せんしゅ》のは、あとでね。」

サクサクと動画《どうが》を飛《と》ばし、水色《みずいろ》のシャツを着《き》て、ヘルメットをかぶったアオ君《くん》の姿《すがた》がうつった。

「おっ、来《き》た来《き》た。ハイッ、注目《ちゅうもく》！　身長《しんちょう》百七十四センチ、まだまだ成長期《せいちょうき》、将来有望《しょうらいゆうぼう》な市村碧選手《いちむらあおせんしゅ》の登場《とうじょう》！　このね、ミステリアスかつ、やる気《き》に満《み》ちた表情《ひょうじょう》をご覧《らん》ください。これから、どんなすべりを見《み》せてくれるんでしょうか？　ね？　解説《かいせつ》のルルさん。」

アオ君《くん》がリモコンをマイクのように見立《みた》てて、ルルにさしだす。

「ええっ……？　あ〜、まずはいきおいを生《い》かして、エアの高《たか》さをねらってくるんじゃないでしょうか？」

ルルは思《おも》わずペースに乗《の》せられて、しっかりしたコメントを返《かえ》すと、アオ君《くん》は満足《まんぞく》そうに指《ゆび》を鳴《な》らす。

「さすが、ルル！　オレのこと、わかってる〜。そうですねー、市村選手《いちむらせんしゅ》は残念《ざんねん》ながら、トリックのバリエーションが多《おお》くない。難易度《なんいど》の高《たか》いトリックは、ぶっちゃけ得意《とくい》じゃありません！　それなら、どうやって勝負《しょうぶ》にいどむのか？　そうっ、エアの高《たか》さ！　つまりダイナミックさとスタイリッシュさが持《も》ち味《あじ》なんですね〜。

すべり出《だ》し、いちばんいきおいをつけられるところで、審査員《しんさいん》と観客《かんきゃく》の心《こころ》をつかむためにも、まずは高《たか》さをねらいます。」

アオ君《くん》が解説《かいせつ》したところで、画面《がめん》の中《なか》のアオ君《くん》がびっくりするくらい高《たか》く、空《そら》にデッキをつきさすようにポーズを決《き》めた。

一瞬《いっしゅん》のことだったけど、わたしは思《おも》わず歓声《かんせい》をあげる。

「すごい！」

「うわっ、えっ!?　ちょっ、アオ、すごいじゃん！」

ルルも興奮気味《こうふんぎみ》に声《こえ》をあげる。

「でしょ!?　オレもね、これはうまく決《き》まったと思《おも》ったんだよ。お客《きゃく》さんの『おおっ。』って声《こえ》も聞《き》こえたし、いけるって思《おも》ったんだよね～。」

「そこで調子《ちょうし》にのったんだ？」

ルルがズバッと口《くち》をさす。

「く～っ、残念《ざんねん》ながら、そのとおり。飛《と》ばしますが、決勝《けっしょう》一本目《ぽんめ》の最後《さいご》をご覧《らん》ください。」

アオ君《くん》が画面《がめん》を指《ゆび》さすと、画面《がめん》の中《なか》のアオ君《くん》がさっきのように高《たか》く、飛《と》び出《だ》し、デッキから足《あし》を離《はな》した。

けれどデッキはスポーンと遠《とお》くへ飛《と》んでいってしまい、アオ君《くん》はそのままひざから落《お》っこちてしまった。

「ぜんぜん、だめじゃん。」

ルルは、すかさずツッコミを入《い》れる。

「わっ、痛《いた》そう～。」

ヒメちゃんは目《め》をつぶった。

「何《なに》も言《い》い訳《わけ》は、ございません。」

アオ君《くん》が正座《せいざ》して、右手《みぎて》をのばしてローテーブルに乗《の》せた。

「成功《せいこう》したことのないトリックを、決勝《けっしょう》の一本目《ぽんめ》にぶっこんでくるって、調子《ちょうし》にのりすぎじゃん。」

「いや～。今《いま》のオレならいけるって、思《おも》っちゃったんだよね～。」

ルルのきびしめな言葉《ことば》にも、アオ君《くん》は楽《たの》しそうに答《こた》える。

「あれ～？ オレってなんか、バタバタしてない？ 自分《じぶん》としては、もっとこう、よゆうがある感《かん》じで、優雅《ゆうが》にすべっているイメージだったんだけどな。」

アオ君《くん》が首《くび》をかしげると、ルルはすぐに口《くち》をはさむ。

「見《み》ていてあわただしいね。ぜったいいきおいあまって、コケるパターンだ。あっ、ほら、コケた。」

「こわっ。解説者《かいせつしゃ》じゃなく予言者《よげんしゃ》かよ。大正解《だいせいかい》。この後《あと》もう一回《かい》コケます。そして決勝《けっしょう》の結果《けっか》は最下位《さいかい》。」

「うわ～。でもまあ、一本目《ぽんめ》に失敗《しっぱい》すると、あせっちゃうからね。無理《むり》やりエアで回転《かいてん》つけようとしても、高《たか》さが足《た》りなくなるから、あぶないよ。」

ルルはいつしか、前《まえ》のめりで画面《がめん》を食《く》い入《い》るように見《み》つめている。

最初《さいしょ》はぎこちなかったふたりの会話《かいわ》は、いつのまにかテンポよく、かみ合《あ》っている。

スケボーの専門用語《せんもんようご》が入《はい》ってくると、わたしには何《なに》が何《なに》やらさっぱりわからない。

だけど、このふたりの会話《かいわ》は心地《ここち》がいい……。

ルルがとっても楽《たの》しそうな顔《かお》をしているんだもの。

「でも……。アオ、前《まえ》よりもずっとうまくなってる。めっちゃ練習《れんしゅう》したんだね。」

ルルがおだやかな口調《くちょう》で言《い》った。

「おっ？　毒舌解説者《どくぜつかいせつしゃ》からおほめの言葉《ことば》をもらっちゃった。」

アオ君《くん》が軽《かる》い調子《ちょうし》で返《かえ》す。

「ほんとにそう思《おも》ったんだもん。調子《ちょうし》にのりすぎて転《ころ》びまくったのは、カッコ悪《わる》いけどさ。それでも、大技《おおわざ》で攻《せ》めていくのがアオらしいし、楽《たの》しそうだし……。空《そら》を飛《と》んでいるみたいで、あたしは好《す》き。」

ルルは、まっすぐに画面《がめん》の中《なか》のアオ君《くん》を見《み》つめながら言《い》った。

「サンキュ……。ダメ出《だ》しでもなんでも、やっぱりルルに言《い》ってもらうのが、いちばんうれしいな。」

アオ君《くん》も画面《がめん》を観《み》ながら、照《て》れくさそうに笑《わら》った。

「ルルもさ、ケガのあとがふえたよね。アメリカで、うまい人《ひと》たちがわんさかいる中《なか》で、相当《そうとう》たいへんだったんだろうなって、わかるよ。一生懸命《いっしょうけんめい》、練習《れんしゅう》した証拠《しょうこ》なんだろうな。がんばったな、ルル。」

アオ君《くん》がやさしいまなざしで、ルルの頭《あたま》をなでた。

その瞬間《しゅんかん》、ルルの目《め》から涙《なみだ》があふれ出《だ》す。

「うう〜。」

ルルがクッションに顔《かお》をうずめる。

「ごめん。泣《な》かすつもりは、まったくなかった！」

あわてるアオ君《くん》に、ルルがクッションをぶつける。

「バカッ。泣《な》いてないもん。笑《わら》ってるの！」

「ええ〜、急《きゅう》に逆《ぎゃく》ギレ？」

アオ君《くん》は、クッションをそっと受《う》け止《と》めた。

ルルのひとみからは、ぽろぽろと涙《なみだ》があふれている。

「こっちはケガして、スケボーがもうできないかもしれないのにさ。そんなことわすれたみたいな顔《かお》して、動画《どうが》まで観《み》せちゃって、前《まえ》と同《おな》じノリで話《はな》してさっ。こっちも真剣《しんけん》に観《み》ちゃったよ。

あたしは前《まえ》とはちがうのに、アオはぜんぜん変《か》わってないんだもんっ……。ココも、『スケボーができなくたって、ルルはルルだよ。』って……。

ふたりとも、あたしを見《み》る目《め》が、ぜんぜん変《か》わってないっ。」

ルルはうつむいて、涙声《なみだごえ》をつまらせる。

「ケガをしてから、スケボーができないあたしは、もう終《お》わりって思《おも》ってた。前《まえ》のあたしにはもどれない。変《か》わっちゃったんだって……。だけど、勝手《かって》に決《き》めつけていたのは、あたしだったんだ……。」

ルルが顔《かお》を上《あ》げた瞬間《しゅんかん》、空気《くうき》が軽《かる》くなるのを感《かん》じる。

「ハハッ、そっか……。『前《まえ》』も『今《いま》』の自分《じぶん》もない。ぜんぶ、あたしだった。」

パッと開《ひら》いたひまわりみたいに、ルルが笑《わら》う。

「おかえり、ルル。」

アオ君《くん》がやさしいまなざしで声《こえ》をかける。

「うん。アオも、ココも、ヒメちゃんも、ただいま。」

ルルは言葉《ことば》をきざむように、ゆっくりと答《こた》えた。


ヒメちゃんも交《まじ》えて、四人《にん》でいっしょに夕《ゆう》ごはんを食《た》べた。

実際《じっさい》に目《め》に見《み》えたわけではないけれど、今《いま》までルルの心《こころ》や体《からだ》じゅうをしばっていたものがほどけたみたいに、ルルはよく食《た》べたし、たくさん笑《わら》った。

もしも羽《はね》があったら、窓《まど》から飛《と》び出《だ》して、空《そら》まで飛《と》んでいってしまいそう。そんな気《き》さえした。

「ねえ、ココ。あたしも、盆《ぼん》おどりにスタッフとして、参加《さんか》したい。今《いま》からでもだいじょうぶかな?」

ふいに食《た》べる手《て》を止《と》めて、ルルが言《い》った。

「もちろん!」

わたしは思《おも》わず立《た》ち上《あ》がる。

「よーし。まずは、盆《ぼん》おどりでおどる！　だから、リハビリ、がんばるぞー！」

ルルのひとみに火《ひ》が灯《とも》った。ひさしぶりに見《み》る、やる気《き》に満《み》ちた目《め》。

その日《ひ》の夜《よる》から、ルルは宣言《せんげん》どおり、リハビリのための筋《きん》トレを始《はじ》めた。

体《からだ》を動《うご》かすたびに苦《くる》しそうな声《こえ》をもらすけれど、ルルのひとみがくもることはなかった。

8 じゃんじゃん宣伝《せんでん》

そんなある日《ひ》の夕《ゆう》ごはんの時間《じかん》。水庭家《みずにわけ》の食卓《しょくたく》では、今後《こんご》の夏休《なつやす》みに向《む》けた会議《かいぎ》が開《ひら》かれた。ユキノさんは仕事《しごと》でおそくなるから不参加《ふさんか》だ。

カレンダーを出《だ》して、わたし、ルル、ヒメちゃん、それぞれの予定《よてい》を書《か》きこむ。

わたしはまず、八月《がつ》の最後《さいご》の週末《しゅうまつ》に、でかでかと『盆《ぼん》おどり』と書《か》いた。

スタッフは、みんな学生《がくせい》なので、学校《がっこう》が休《やす》みになってから本格的《ほんかくてき》に準備《じゅんび》が始《はじ》まった。

ルルは、毎週水曜日《まいしゅうすいようび》にリハビリテーションに通《かよ》い、それ以外《いがい》の日《ひ》は、家《いえ》で自主《じしゅ》トレーニングをする計画《けいかく》らしい。

ルルは、わたしが書《か》いた盆《ぼん》おどりの文字《もじ》の横《よこ》に、『おどる!』と赤《あか》い文字《もじ》で書《か》きくわえた。

ヒメちゃんはユキノさんと、お盆《ぼん》におじいちゃんとおばあちゃんの家《いえ》に帰省《きせい》するので、大《おお》きな字《じ》で予定《よてい》を書《か》き、べつの日曜日《にちようび》には、『ママと遊園地《ゆうえんち》』とつけ足《た》した。

一通《ひととお》りの予定《よてい》が出《で》そろったあとは、次《つぎ》の大事《だいじ》なテーマだ。

それは、宿題《しゅくだい》ぎらいのヒメちゃんのための、〝夏休《なつやす》みの宿題《しゅくだい》〟進行計画《しんこうけいかく》。

ことの始《はじ》まりは、きのうの夜《よる》。ユキノさんから『ヒメったら、今《いま》まで一度《いちど》も夏休《なつやす》みの宿《しゅく》題《だい》を始業式《しぎょうしき》までに終《お》わらせたことがないの。新学期《しんがっき》になっても提出《ていしゅつ》しないから、担任《たんにん》の先《せん》生《せい》から電話《でんわ》がかかってきたこともあったのよ。どうしたらいいと思《おも》う？』と相談《そうだん》された。

ユキノさんがすがるようにきいてきたので、ルルとわたしで『なんとかしましょう。』と引《ひ》き受《う》けた。

ヒメちゃんが、くしゃくしゃになったプリントをいやそうにランドセルから出《だ》し、テーブルの上《うえ》に置《お》く。

「あ〜、あ〜。ひどいね、こりゃ。終業式《しゅうぎょうしき》から一度《いちど》もランドセルを開《あ》けていなかったって感《かん》じじゃん。」

ルルがあきれた顔《かお》をする。

「ルルのランドセルの中《なか》だって、いつもひどかったよ。丸《まる》まった五点《てん》の算数《さんすう》のテスト用紙《ようし》とか、給食《きゅうしょく》に出《で》た、ひからびたパンの耳《みみ》だったりとか……。」

わたしが口《くち》をはさむと、ルルがギョッとした顔《かお》をする。

「そんなこと、覚《おぼ》えてなくていいよっ！」

「ふふっ。五点《てん》。」

ヒメちゃんが三日月目《みかづきめ》で笑《わら》った。

「読書感想文《どくしょかんそうぶん》、自由工作《じゆうこうさく》か自由研究《じゆうけんきゅう》、それから算数《さんすう》ドリル、漢字《かんじ》ドリル、理科《りか》の観察日記《かんさつにっき》。うわ〜、たいへんそ〜。遊園地《ゆうえんち》、行《い》ってる場合《ばあい》じゃないんじゃないの〜？」

ルルは仕返《しかえ》しのようにニヤニヤしながら、プリントの項目《こうもく》を読《よ》み上《あ》げる。

「ルルちゃんだって、宿題《しゅくだい》があるんでしょ？」

ヒメちゃんは、くやしそうな顔《かお》で言《い》い返《かえ》す。

「あたしは、アメリカの学校《がっこう》だから宿題《しゅくだい》はないんだな〜。」

「え〜、ずる〜い！」

ふたりはいっしょにくらしはじめて、まだ日《ひ》が浅《あさ》い。それにもかかわらず、波長《はちょう》が合《あ》うのか、リズムよく言葉《ことば》が飛《と》びかう。

「はい、その話《はなし》は終《お》わり！」

わたしはふたりのあいだに入《はい》って、話題《わだい》を変《か》える。

「ドリルとかは、ひとりでコツコツ進《すす》めるのはむずかしいから、わたしが宿題《しゅくだい》をするときに、ヒメちゃんもいっしょにやろうか。

読書感想文《どくしょかんそうぶん》と自由研究《じゆうけんきゅう》か自由工作《じゆうこうさく》は、最後《さいご》まで残《のこ》っちゃうとあせるから、テーマを早《はや》めに決《き》めちゃいたいね。」

「自由研究《じゆうけんきゅう》は、もう決《き》まってる。」

ヒメちゃんがすぐに答《こた》えた。

「えっ？　何《なに》をやるの？」

「ヒミツっ。」

聞《き》いた質問《しつもん》への答《こた》えは、きっぱりとことわられてしまった。

次《つぎ》の日《ひ》、

「ヒメ、遊園地《ゆうえんち》に連《つ》れていってほしかったら、宿題《しゅくだい》をちゃんとやらなきゃ行《い》かないからね！　ママだってこんなにしつこく言《い》いたくないけど、大人《おとな》になって苦労《くろう》するのは、ヒメなんだからね！」

ユキノさんは仕事《しごと》に行《い》く前《まえ》、何度《なんど》もヒメちゃんに言《い》い聞《き》かせる。

おどしともとれる文句《もんく》だけど、みょうに切実感《せつじつかん》があって、ヒメちゃんは不満《ふまん》を言《い》いながらも、ちゃんとドリルを開《ひら》いていた。

わたしもいっしょに宿題《しゅくだい》をして、ルルはそのあいだは、リハビリの筋《きん》トレをする。

一時間《じかん》とちょっと、それぞれしっかり集中《しゅうちゅう》してノルマを達成《たっせい》したあと、わたしは盆《ぼん》おどりの準備《じゅんび》に出《で》かけた。

お昼《ひる》になる前《まえ》に、マチ子《こ》ちゃん、アイミちゃんの三人《にん》で、前回会議《ぜんかいかいぎ》に参加《さんか》した河原町《かわらちょう》の自治会館《じちかいかん》へ向《む》かう。

会館《かいかん》には、すでにたくさんの人《ひと》が来《き》ているみたいで、玄関《げんかん》のたたきは、くつでうまっている。

部屋《へや》の中《なか》も、この前来《まえき》たときの殺風景《さっぷうけい》な様子《ようす》とは打《う》って変《か》わって、壁《かべ》にはスケジュールや地図《ちず》、書類《しょるい》などがはられていて、つくえの上《うえ》にはパソコンやプリンターがならんでいる。

さながら基地《きち》のような室内《しつない》で、大学生《だいがくせい》や高校生《こうこうせい》たちが、せわしなく作業《さぎょう》をしていた。

実行委員長《じっこういいんちょう》が、わたしたちに気《き》がつくと、中《なか》を案内《あんない》しながら、これまでに進《すす》んでいる状況《じょうきょう》を細《こま》かく教《おし》えてくれた。

壁《かべ》にはられた組織図《そしきず》のような表《ひょう》には、『本部《ほんぶ》』『広報《こうほう》』『ステージ組《ぐみ》』『屋台《やたい》』『警備《けいび》』など大《おお》きく文字《もじ》が書《か》かれ、その下《した》に、スタッフの名前《なまえ》が数人《すうにん》ずつわりふられている。

ステージ組《ぐみ》の下《した》に、リョウマ君《くん》の名前《なまえ》、屋台《やたい》の下《した》には、ハナビちゃんの名前《なまえ》を見《み》つけた。

ここに名前《なまえ》がないメンバーは、人手《ひとで》が足《た》りないところを手伝《てつだ》うらしく、わたしとマチ子《こ》ちゃん、アイミちゃんは、きょうは広報《こうほう》のグループに入《はい》ることになった。

大学生《だいがくせい》が作《つく》ったポスターを、町内《ちょうない》の掲示板《けいじばん》や公民館《こうみんかん》、プールや銭湯《せんとう》、商店街《しょうてんがい》のお店《みせ》に、はってまわる。

「地元《じもと》の人《ひと》でも、盆《ぼん》おどりが今年《ことし》で終《お》わっちゃうって、知《し》らない人《ひと》がけっこう多《おお》いから、毎年決《まいとしき》まった場所《ばしょ》以外《いがい》にも、お店《みせ》の人《ひと》の許可《きょか》がもらえれば、じゃんじゃんはって、なるべく多《おお》くの人《ひと》の目《め》にふれるようにしてほしいんだ！　だから、よろしくたのむね！」

実行委員長《じっこういいんちょう》は真剣《しんけん》な顔《かお》で、つくえの上《うえ》に置《お》かれたポスターの山《やま》に手《て》をそえた。

「はいっ。」

威勢《いせい》のいい返事《へんじ》はしたけれど、こんなに、たくさん……？

マチ子《こ》ちゃんとアイミちゃんと三人《にん》で、紙袋《かみぶくろ》にポスターを入《い》れ、自治会館《じちかいかん》を出発《しゅっぱつ》した。

実行委員長《じっこういいんちょう》からわたされた地図《ちず》を出《だ》す。

ここから近《ちか》い駅《えき》の東口《ひがしぐち》から川沿《かわぞ》いの土手《どて》の手前《てまえ》までが、わたしたちが担当《たんとう》するエリアで、その中《なか》に青《あお》い丸印《まるじるし》がついている場所《ばしょ》が、毎年恒例《まいとしこうれい》の場所《ばしょ》らしい。

郵便局《ゆうびんきょく》、公民館《こうみんかん》、町内会《ちょうないかい》の掲示板《けいじばん》、商店街《しょうてんがい》のお店《みせ》が十数軒《じゅうすうけん》……。

ここ以外《いがい》にも、〝じゃんじゃん〟はらせてもらわないといけない。

ジリジリとはだを焼《や》くような太陽《たいよう》の下《した》で、日陰《ひかげ》に立《た》っているだけでも、ひたいから汗《あせ》が流《なが》れてくる。

「とりあえず、青《あお》い印《しるし》がついているところを回《まわ》っちゃおうか。確実《かくじつ》に行《い》こう。」

わたしはふたりに提案《ていあん》して、いちばん近《ちか》い郵便局《ゆうびんきょく》に向《む》かって歩《ある》きだした。

とちゅうで冷房《れいぼう》のきいたコンビニやスーパーですずんだり、水分《すいぶん》を補給《ほきゅう》したりしながら、なんとか一か所《しょ》一か所《しょ》、ポスターをはっていく。

最初《さいしょ》は、お店《みせ》の人《ひと》に声《こえ》をかけるのもドキドキしたけれど、もともと話《はなし》が通《とお》っているので『盆《ぼん》おどりのスタッフです。』って名乗《なの》っただけで、『空《あ》いているところにどうぞ。』とか『こちらでやっておきますね。』と、こころよく引《ひ》き受《う》けてくれた。

だいたいの青印《あおじるし》の場所《ばしょ》をクリアすると、次《つぎ》からは、あらたにお願《ねが》いしなければならない場所《ばしょ》だ。

手持《ても》ちのポスターは、まだ半分《はんぶん》以上《いじょう》ある。

「この店《みせ》、よさそうじゃない？」

マチ子《こ》ちゃんが、あるお店《みせ》の前《まえ》で足《あし》を止《と》める。

店《みせ》のいちばん近《ちか》くにいたアイミちゃんは、こういうのは苦手《にがて》みたいで、スッと二歩下《ほさ》がると、顔《かお》をふせた。

「オーケー……。わたしが切《き》りこみ隊長《たいちょう》やるわ。」

マチ子《こ》ちゃんは自分《じぶん》の胸《むね》をたたくと、お店《みせ》のドアを開《あ》けた。

わたしとアイミちゃんが続《つづ》けて入《はい》る。マチ子《こ》ちゃんがお店《みせ》の人《ひと》に話《はな》しかけて、ポスター

を見《み》せた。ところが――、

「あー、うちはそういうの、こまるんだよ。」

おじさんが迷惑《めいわく》そうな顔《かお》をする。

「一度《ど》受《う》け入《い》れちゃうと、ほかからも依頼《いらい》が来《き》て、収拾《しゅうしゅう》がつかなくなっちゃうからさ。そもそも、場所《ばしょ》もないから。」

シッシと手《て》ではらわれ、わたしたちは追《お》い出《だ》されるように店《みせ》の外《そと》へ出《で》る。

次《つぎ》に行《い》ったお店《みせ》、さらにその次《つぎ》のお店《みせ》でも、同《おな》じような理由《りゆう》でことわられた。

「連続《れんぞく》してこれだと、ちょっとへこむ……。」

マチ子《こ》ちゃんが暑《あつ》さもあいまってか、つかれた顔《かお》で言《い》った。

「そうだね……。」

わたしもうつむくと同時《どうじ》に、手《て》もとの紙袋《かみぶくろ》に目《め》をやる。

「このままじゃ、帰《かえ》れないね。」

アイミちゃんも、ボソッとつぶやいた。

ポスターの代《か》わりに、みんなの口数《くちかず》が減《へ》っていく。

「なんかさ、今《いま》まで地元《じもと》とか、街《まち》でやってるイベントとかって、あたりまえのように通《とお》りすぎていたけど、こうやって準備《じゅんび》している人《ひと》がいたんだね。」

マチ子《こ》ちゃんがペットボトルの麦茶《むぎちゃ》を飲《の》みながら、しみじみと言《い》った。

ちょうどそのとき、部活帰《ぶかつがえ》りの中学生《ちゅうがくせい》らしき、同《おな》じジャージを着《き》た女《おんな》の子《こ》のグループが、わたしたちが手《て》に持《も》っているポスターをチラッと見《み》て、前《まえ》を通《とお》りすぎる。

「盆《ぼん》おどりって、まだやってたんだ？」

その中《なか》のひとりの子《こ》が言《い》った。

「あー、うちの近所《きんじょ》で毎年《まいとし》やっているやつ。」

ボブヘアのべつの子《こ》が、だるそうな声《こえ》で答《こた》える。

「しょぼいくせに、音《おと》だけはうるさいんだよね。」

声《こえ》は小《ちい》さいけど、話《はな》している内容《ないよう》が風《かぜ》に乗《の》って、はっきりと聞《き》こえてくる。

「うわ〜、リアルな感想《かんそう》だわ。」

マチ子《こ》ちゃんが顔《かお》をしかめる。

「ほんとだね。ほとんどの人《ひと》が、最後《さいご》だって知《し》らないんだね。」

女《おんな》の子《こ》たちが言《い》っていたことは、実行委員長《じっこういいんちょう》から聞《き》いていたとおりだった。

「マチ子《こ》ちゃん、ココちゃん。次《つぎ》からは、わたしもがんばる。」

アイミちゃんは、低《ひく》く力強《ちからづよ》い声《こえ》で言《い》った。そのひとみは女《おんな》の子《こ》たちの背中《せなか》に向《む》けられている。

「わたしもっ！　じゃんじゃん宣伝《せんでん》して、もっと知《し》ってもらわないとね。『今年《ことし》が最後《さいご》なら、行《い》っておこうか。』って気持《きも》ちになる人《ひと》がいるかもしれないし。」

わたしはペットボトルのふたをキュッと閉《し》めて、バッグにしまう。

今《いま》までは、実行委員長《じっこういいんちょう》が言《い》っていた話《はなし》も、どこか遠《とお》く感《かん》じていたけれど、盆《ぼん》おどりに対《たい》する現実《げんじつ》をまのあたりにして、やる気《き》がわいてくる。

「わたしも〝最後《さいご》なら行《い》く〟タイプだわ！」

マチ子《こ》ちゃんは威勢《いせい》よく、麦茶《むぎちゃ》を飲《の》みほした。

三人《にん》とも火《ひ》がついたように、お店《みせ》の前《まえ》でひるむことなく、一軒《いっけん》一軒《いっけん》かたっぱしからたずねてまわった。

日《ひ》がかたむきはじめたころ、三人《にん》で空《から》になった紙袋《かみぶくろ》を持《も》って会館《かいかん》へもどった。

9 『夜《よる》カフェ』と『星《ほし》カフェ』

「水庭流々《みずにわるる》、復活《ふっかつ》！」

夕方《ゆうがた》、病院《びょういん》から帰《かえ》ってきたルルが、松葉杖《まつばづえ》を壁《かべ》に立《た》てかけて、両手《りょうて》を高《たか》らかに広《ひろ》げた。

「「おめでとう！」」

わたしとヒメちゃんは、ごはんを作《つく》る手《て》を止《と》めて、拍手《はくしゅ》でむかえる。

「まだ杖《つえ》は必要《ひつよう》だけど、遠出《とおで》はしてもだいじょうぶだって～。先生《せんせい》にも、『もともと運動《うんどう》神経《しんけい》がいいし、体《からだ》もやわらかいから、回復《かいふく》が早《はや》いね。』ってほめられちゃった。」

ルルはゆっくり歩《ある》いてみせる。その足取《あしど》りは、思《おも》った以上《いじょう》に軽《かろ》やかだ。

あっ、そんなにはしゃいだら、またケガしちゃう。

そんな考《かんが》えが不意《ふい》によぎったけれど、今《いま》はわたしもうれしさがまさって、ルルの腕《うで》に飛《と》びついた。

「これで、盆《ぼん》おどりの手伝《てつだ》いも、いっしょに行《い》けるね！」

「まっかせなさ～い。」

ルルがドンッと胸《むね》をたたく。

「と、いうわけで、みんなにも報告《ほうこく》してくるわっ！」

ルルは松葉杖《まつばづえ》をもう一度《いちど》手《て》に取《と》ると、たった今入《いまはい》ってきたばかりのリビングを、意気《いき》ようようと出《で》ていく。

「〝みんな〟って？　どこまで行《い》くの？」

とっさにたずねると、

「アオとユウト君《くん》と、マチ子《こ》ちゃんのとこにも顔出《かおだ》してくる！」

ルルはふりかえらず、さっさと出《で》かけてしまった。

帰《かえ》りは少《すこ》しおそくなりそうだ。

夕《ゆう》ごはんの前《まえ》だけど、早《はや》く知《し》らせたくてしかたないんだろうな。

「今夜《こんや》は、ルルの回復《かいふく》を祝《いわ》って、しょうが焼《や》きのお肉《にく》、もう少《すこ》し追加《ついか》しちゃおっか。」

声《こえ》をかけると、ヒメちゃんはすぐさま冷凍庫《れいとうこ》から豚肉《ぶたにく》を取《と》り出《だ》した。

『チーム盆《ぼん》おどり』と名《な》づけられたLINE《ライン》グループには、今回準備《こんかいじゅんび》に参加《さんか》している盆《ぼん》おどりのスタッフ全員《ぜんいん》が登録《とうろく》されている。

そこでは、大事《だいじ》な連絡事項《れんらくじこう》が共有《きょうゆう》されるほか、人手《ひとで》が足《た》りないグループが募集《ぼしゅう》をかけたり、新《あたら》しく出《で》たアイディアなどがやりとりされていた。

やぐらや、その横《よこ》のステージで演奏《えんそう》する音楽《おんがく》や太鼓《たいこ》、おどり担当《たんとう》の人《ひと》たちは、『ステージ組《ぐみ》』と名《な》づけられ、リョウマ君《くん》の家《いえ》が拠点《きょてん》だ。

看板《かんばん》やちょうちんなど会場《かいじょう》で必要《ひつよう》な制作物《せいさくぶつ》や、学生《がくせい》たちが開《ひら》く屋台《やたい》の準備《じゅんび》は、リョウマ君《くん》の家《いえ》の畑《はたけ》にある〝はなれ〟、つまり『夜《よる》カフェ』で行《おこな》っているらしい。

きょうは、ルルが無理《むり》をせずに参加《さんか》できそうなところを選《えら》び、みんなで『夜《よる》カフェ』へ行《い》くことになった。

というのも、数日前《すうじつまえ》に撮《と》ったレントゲンの結果《けっか》が良《よ》かったので、ルルは、お医者《いしゃ》さんから松葉杖《まつばづえ》二本《ほん》から一本《ぽん》にしてもいいと、お許《ゆる》しが出《で》たところだった。

このままいけば、盆《ぼん》おどり当日《とうじつ》は、松葉杖《まつばづえ》なしでもおどれるかもしれないと、ルルも、うれしそうにしている。

初《はじ》めて『夜《よる》カフェ』に行《い》けるのと、ルルにとってはしばらくぶりの〝お出《で》かけ〟になるので、ふたりそろって朝《あさ》からそわそわして、待《ま》ち合《あ》わせよりも早《はや》く家《いえ》を出《で》た。

一階《かい》のエントランスでマチ子《こ》ちゃんを待《ま》っていると、

「ココ、ルル、おはよう。」

ユウト君《くん》がエレベーターをおりてきた。キーボードを背負《せお》っている。

「おはよう。ユウト君《くん》も、練習《れんしゅう》なんだね。」

夏休《なつやす》みに入《はい》っていそがしいせいか、ひさしぶりに会《あ》えて、声《こえ》がはずむ。

「きょうはオリジナルの『河原町音頭《かわらちょうおんど》』の練習《れんしゅう》で、リョウマ君《くん》の家《いえ》に集合《しゅうごう》になったんだ。」

「わたしたちもいっしょ！」

『わーい！』と、あたりかまわずさけびたくなるのを、グッとおさえる。

でもルルにはバレバレみたいで、にやにやした目《め》で見《み》られた。

『河原町音頭《かわらちょうおんど》』は、今回《こんかい》の盆《ぼん》おどりのために作《つく》られた、オリジナルの音頭《おんど》だ。音楽担当《おんがくたんとう》の大学生《だいがくせい》やリョウマ君《くん》たちが歌《うた》った音源《おんげん》が、『チーム盆《ぼん》おどり』で発信《はっしん》されてから、わたしは毎日《まいにち》のように聴《き》いている。

ユウト君《くん》から聞《き》いて、初《はじ》めて知《し》ったけど、海老原《えびはら》さんは小学生《しょうがくせい》のころ日本舞踊《にほんぶよう》を習《なら》っていたみたい。それをユウト君《くん》が思《おも》い出《だ》して、今回《こんかい》の盆《ぼん》おどりの当日《とうじつ》、海老原《えびはら》さんがやぐらの上《うえ》でおどることになったらしい。

ユウト君《くん》、アオ君《くん》、マチ子《こ》ちゃん、アイミちゃん、ノカちゃん、ルルと七人《にん》で、LINE《ラ イ ン》グループで共有《きょうゆう》されている地図《ちず》をたよりに、準備会場《じゅんびかいじょう》であるリョウマ君《くん》の家《いえ》に到着《とうちゃく》した。

家《いえ》の中《なか》からは、太鼓《たいこ》や笛《ふえ》やギターのにぎやかな音《おと》が聞《き》こえてくる。

ユウト君《くん》とわかれて、広《ひろ》い畑《はたけ》の脇《わき》にある『夜《よる》カフェ』に向《む》かった。

入《い》り口《ぐち》で待《ま》っていてくれたハナビちゃんに案内《あんない》されながら、建物《たてもの》の中《なか》に入《はい》る。

「うわあ……。」

部屋《へや》を見《み》わたして、思《おも》わず声《こえ》をもらした。

木造《もくぞう》の建物《たてもの》の奥《おく》は、広《ひろ》いキッチンになっていて、手前《てまえ》のダイニングは、窓《まど》を開《あ》けると外《そと》のテラスまでつながる広《ひろ》い空間《くうかん》になっている。

部屋《へや》の中央《ちゅうおう》にある大《おお》きな木《き》のテーブルのまわりには、いろんな形《かたち》のいすがならべられていて、一つも同《おな》じものがない。

天井《てんじょう》からは空《あ》きびんの手作《てづく》りランプがつるされていて、壁《かべ》には、色《いろ》やサイズのちがうフレームに入《はい》った、たくさんの絵《え》や写真《しゃしん》がかざられていた。

個性《こせい》がバラバラな家具《かぐ》や小物《こもの》が、あたたかいライトの光《ひかり》に照《て》らされて、全体《ぜんたい》の調和《ちょうわ》がとれていた。

「ステキな場所《ばしょ》……。」

となりにいるルルも、ためいきをもらす。

「すてられそうなものを、みんなでもらってきて、修理《しゅうり》したり、色《いろ》をぬり直《なお》したりして使《つか》ってるんだ。写真《しゃしん》はね、これまで『夜《よる》カフェ』に来《き》てくれた子《こ》たちの写真《しゃしん》なの。」

ハナビちゃんは、壁《かべ》の写真《しゃしん》にうつっている人《ひと》たちや、中《なか》で作業《さぎょう》をしていたほかのメンバーを紹介《しょうかい》してくれた。

あまりの多《おお》さに、全員覚《ぜんいんおぼ》えきることはできなかったけれど、いろんな人《ひと》たちが集《あつ》まって、みんなでこの場所《ばしょ》を大事《だいじ》にしているのがわかる。

カウンターでは、ショートヘアの女《おんな》の子《こ》がもくもくとメニューや看板《かんばん》を作《つく》っていて、大《おお》きなテーブルでは、小学生《しょうがくせい》くらいの子《こ》たちがちょうちん作《づく》りをしていた。

自分《じぶん》が作《つく》ったちょうちんに、筆《ふで》で好《す》きな絵《え》を描《か》いている子《こ》もいれば、名前《なまえ》を入《い》れている子《こ》もいるし、七夕《たなばた》みたいに願《ねが》い事《ごと》を書《か》いている子《こ》もいた。

さっそく、アオ君《くん》は看板作《かんばんづく》りのフォローに入《はい》り、わたしたちは空《あ》いている席《せき》にすわって、ちょうちん作《づく》りに参加《さんか》した。

これならルルも作業《さぎょう》しやすい。

ところが、席《せき》についてすぐ、ハナビちゃんのスマホに本部《ほんぶ》の人《ひと》から電話《でんわ》がかかってきた。

連絡《れんらく》を受《う》けたハナビちゃんが、ほかのメンバーと相談《そうだん》している声《こえ》が聞《き》こえる。

「近所《きんじょ》の人《ひと》たちへのチラシ配《くば》りを手伝《てつだ》ってほしいみたい。二、三人《にん》くらい来《き》てくれたら助《たす》かるって。」

「ビラ配《くば》りか〜。」

「たまにおっかない人《ひと》がいるから、文句言《もんくい》われるとこわいんだよね。」

話《はな》している子《こ》たちから、なんとはなしに行《い》きたくなさそうな気配《けはい》が伝《つた》わってくる。

「だけど、盆《ぼん》おどり当日《とうじつ》にクレームが入《はい》って大《おお》ごとになっちゃうと、とちゅうで中断《ちゅうだん》させられちゃうかもしれないし。あたし、ちょっと行《い》ってこようかな。」

「でも、ハナビちゃんはこのあと、屋台《やたい》のメニューを考《かんが》えなきゃいけないでしょ。ぬけたらこまる……。」

なかなか決《き》まらない会話《かいわ》を聞《き》きながら、わたしは思《おも》わず手《て》をあげた。

「あの、わたし、行《い》きます。」

「えっ？　ココちゃんが？　それはありがたいけど……、いいの？」

ハナビちゃんが、申《もう》し訳《わけ》なさそうに言《い》う。

「もちろんです！」

答《こた》えると、

「それなら、わたしも。」

アイミちゃんも名乗《なの》り出《で》た。

『夜《よる》カフェ』のすぐ近《ちか》くにある自治会館《じちかいかん》へ行《い》って、広報《こうほう》のお姉《ねえ》さんからチラシとクーポン券《けん》を受《う》け取《と》った。

一軒一軒《いっけんいっけん》家《いえ》を回《まわ》り、近所《きんじょ》に住《す》んでいる人《ひと》に迷惑《めいわく》をかけるので、あらかじめ説明《せつめい》とおわびをして、チラシと、屋台《やたい》で使《つか》えるクーポン券《けん》をわたすことになっている。

ポスターはりで少《すこ》し自信《じしん》を持《も》てたと思《おも》っていたけれど、インターホンを鳴《な》らすのはやっぱり緊張《きんちょう》する。

出《で》てきてくれたとしても、わたしたちを見《み》ると、『どなたですか？』と警戒《けいかい》するように身《み》がまえられた。

それでも、何軒《なんけん》もたずねていると、しだいに慣《な》れてくるもので、アイミちゃんといっしょにもくもくと家《いえ》を回《まわ》った。

盆《ぼん》おどりをよく思《おも》っていない人《ひと》も、来年《らいねん》から夏《なつ》の風物詩《ふうぶつし》がなくなるのを残念《ざんねん》に思《おも》う人《ひと》も、楽《たの》しみにしていると応援《おうえん》してくれる人《ひと》も、まったく関心《かんしん》すら持《も》たない人《ひと》も、いろんな人《ひと》たちがいるのがわかってきた。

ある家《いえ》のインターホンをおしたとき、

「あっ。」

アイミちゃんが、出《で》てきた女《おんな》の子《こ》を見《み》て、声《こえ》をあげた。

この前《まえ》、ポスターを見《み》て、『音《おと》がうるさい。』と言《い》っていたボブヘアの女《おんな》の子《こ》だった。

「あの、こんにちは。『河原町盆《かわらちょうぼん》おどり』のスタッフの者《もの》ですが、八月最後《がっさいご》の週末《しゅうまつ》に
――。」

わたしが最後《さいご》まで説明《せつめい》する前《まえ》に、女《おんな》の子《こ》が口《くち》をはさんだ。

「あーあ、またうるさくなるんだ。」

目《め》の前《まえ》でいやそうな顔《かお》をされると、さすがにひるみそうになる。

「すみません。」

わたしは反射的《はんしゃてき》に頭《あたま》を下《さ》げた。気持《きも》ちを切《き》りかえて、もう一度《いちど》向《む》かいあう。

「あのっ、これ屋台《やたい》で使《つか》えるクーポン券《けん》なので、もしよかったら、ぜひ、来《き》てくださ
いっ！」

クーポン券《けん》をさしだす。

「はいはい。」

女《おんな》の子《こ》は興味《きょうみ》がなさそうに受《う》け取《と》ると、ドアを閉《し》めようとした。

「盆《ぼん》おどりも、これで最後《さいご》になっちゃうので。」

アイミちゃんが、もう一歩《いっぽ》ふみこんで声《こえ》をかける。すると、

「えっ？　なくなるの？」

女《おんな》の子《こ》が初《はじ》めてちゃんとこちらを見《み》た。

「そうなんです。」

これは、チャンス。

「にない手不足《てぶそく》で、今年《ことし》が最後《さいご》になるんです。それで、町内会会長《ちょうないかいかいちょう》さんが、学生《がくせい》たちに企画《かく》や運営《うんえい》をまかせてくれて、やぐらの横《よこ》にＤＪ《ディージェイ》ブースができたり、バンドの演奏《えんそう》もあるんです。」

アイミちゃんがチラシをわたし、説明《せつめい》する。

「え？　そんなこと、やるんだ。」

「はいっ。屋台《やたい》も、高校生《こうこうせい》や大学生《だいがくせい》がメニューを考《かんが》えているんです。」

「ふーん。」

女《おんな》の子《こ》は受《う》け取《と》ったチラシを見《み》つめたあと、顔《かお》を上《あ》げた。

「クーポン券《けん》、もう一枚《まい》、もらえる？」

「はい！　ありがとうございます！　お待《ま》ちしてます。」

アイミちゃんは、もう一枚《まい》クーポン券《けん》をわたした。

「「よろしくお願《ねが》いします。」」

家《いえ》のドアが閉《し》まるまで、ふたりでしっかりおじぎをする。

アイミちゃんと顔《かお》を見合《みあ》わせる。

「やったね！」

「きっと、来《き》てくれるよね！」

アイミちゃんは、感触《かんしょく》をつかむように両手《りょうて》をにぎりしめる。

「すごいね、アイミちゃん。あんなふうにグイッとおせちゃうなんて。」

「ココちゃんこそ。わたしなんて、いやそうな顔《かお》をされた時点《じてん》であきらめちゃうもん。でも……、おかしいね。わたしもココちゃんも、前《まえ》はあんなに人《ひと》に対《たい》してビクビクしていたのにね。」

アイミちゃんがまゆを下《さ》げて笑《わら》った。

担当《たんとう》したエリアの人《ひと》たちへの説明《せつめい》を終《お》えて、自治会館《じちかいかん》にもどったのは、ちょうど日《ひ》が暮《く》れはじめたころだった。

中《なか》では、子《こ》ども会《かい》のお母《かあ》さんや婦人会《ふじんかい》のおばさんたちが、おにぎりをたくさん作《つく》っていて、『これ、鈴木《すずき》さん家《ち》に集《あつ》まっている子《こ》たちにも、持《も》っていってもらえる？』とたのまれた。

「ただいま、もどりました。あと、お母《かあ》さんたちからさし入《い》れをいただきました。」

大量《たいりょう》のおにぎりやお菓子《かし》をかかえて、アイミちゃんとふたりで、『夜《よる》カフェ』のドアを開《あ》けた。みんなもお腹《なか》を空《す》かせていたのか、歓声《かんせい》があがった。

「ふたりとも、お帰《かえ》りなさい。じゃあ、みんなで休《きゅう》けいにしよう！」

ハナビちゃんは声《こえ》をはずませて、テラスへ出《で》ると、

「リョウマくーーーーん！　おにぎりのさし入《い》れ、もらったよーーー！」

ステージ組《ぐみ》が練習《れんしゅう》をしている母屋《おもや》に向《む》かって、大《おお》きな声《こえ》でさけんだ。

母屋《おもや》から出《で》てきたリョウマ君《くん》たちもくわわり、おにぎりやお茶《ちゃ》を全員《ぜんいん》に配《くば》り終《お》えると、ルルたち『星《ほし》カフェ』のメンバーがテラスに集《あつ》まっているのを見《み》つけた。

ルルが手招《てまね》きでわたしたちをよんだので、輪《わ》に入《はい》って、おにぎりにかじりついた。

ほどよい塩味《しおあじ》とのりの味《あじ》が、食《た》べたそばからエネルギーに変《か》わっていくのを感《かん》じる。

心地《ここち》のいい風《かぜ》が、土《つち》のにおいや、蚊取《かと》り線香《せんこう》のにおいを運《はこ》んでくる。

満《み》たされた気分《きぶん》であたりを見《み》ると、さまざまな年代《ねんだい》の人《ひと》たちが、それぞれテラスのわきに腰《こし》をおろし、さし入《い》れを食《た》べながらおしゃべりをしていた。

なんか、いいな、この景色《けしき》。

「ちょうちん作《づく》りはどう？」

ルルにたずねると、

「それがさ……。」

おにぎりを食《た》べる手《て》を止《と》めて、ルルがまじめな顔《かお》でこちらを向《む》いた。

「あたしね、じっとすわって何《なに》かを作《つく》る作業《さぎょう》って、苦手《にがて》だと思《おも》ってたけど、意外《いがい》とハマって、楽《たの》しかったの！」

目《め》をかがやかせて答《こた》える。

「だからさ、これからは決《き》めつけずに、いろいろ挑戦《ちょうせん》してみようって思《おも》ったんだよね。」

ルルはスッキリした表情《ひょうじょう》で話《はな》す。そんな姿《すがた》を、アオ君《くん》がうれしそうに見《み》ていた。

「うん。なんだってできるよ。」

わたしも、こみあげてくる思《おも》いを口《くち》にした。

みんなと、これまでの作業《さぎょう》や練習《れんしゅう》の報告《ほうこく》をし合《あ》っていると、とつぜん、リョウマ君《くん》が手《て》をパンッとたたいて、スタッフたちの注目《ちゅうもく》を集《あつ》めた。

「えー、みなさん、おつかれさまです！　ちょっと共有事項《きょうゆうじこう》なんですが、当日《とうじつ》のやぐらでの演目《えんもく》について、お客《きゃく》さんにも参加《さんか》してもらえる企画《きかく》をやることになりました！　その名《な》も『夏《なつ》の主張《しゅちょう》』！」

リョウマ君《くん》が発表《はっぴょう》すると、となりにいる大学生《だいがくせい》も続《つづ》ける。

「これはシンプルに、やぐらの上《うえ》から自分《じぶん》の主張《しゅちょう》をさけんでもらうというコーナーです。みんなに言《い》いたいことでもいいし、カラオケでもいいし、好《す》きな人《ひと》に告白《こくはく》をしてもいいし。興味《きょうみ》がある人《ひと》は、お客《きゃく》さんでもスタッフでも大歓迎《だいかんげい》なので、ドシドシ主張《しゅちょう》しに来《き》てください。」

説明《せつめい》を受《う》け、まわりにいる子《こ》たちがざわめいた。

「おもしろそう！　ねえ、アオ、出《で》たら？　『プロスケーターになる！』とか宣言《せんげん》しちゃえ。」

ルルがアオ君《くん》をけしかける。

「いやだよ、はずかしい。なんで自《みずか》らハードルを上《あ》げなきゃいけないんだよ。」

アオ君《くん》は口《くち》をとがらせて答《こた》える。けれど、ルルは止《と》まらない。

「それくらいビッグマウスのアスリートって、かっこいいよ。」

「無理無理《むりむり》。それに、オレ、意外《いがい》とはずかしがり屋《や》だから、スケボーを持《も》ってない状態《じょうたい》で、おおぜいの人《ひと》の前《まえ》には立《た》てないからね。おっ、新曲《しんきょく》お披露目《ひろめ》だって。」

アオ君《くん》は話《はなし》を終《お》わらせて、みんなからの視線《しせん》をリョウマ君《くん》にもどした。

話題《わだい》は新《あたら》しい音頭《おんど》に変《か》わり、全員《ぜんいん》でできたばかりのふりつけを練習《れんしゅう》して、この日《ひ》の活動《かつどう》は終《お》わった。

どんなお祭《まつ》りになるんだろう？

楽《たの》しみが、また一つ増《ふ》えた。
当日《とうじつ》も、どうか晴《は》れますように！
たくさんの人《ひと》たちが、来《き》てくれますように！

10 最後《さい ご》の盆《ぼん》おどり

八月最後《がっさいご》の土曜《どよう》——。

「ココちゃん！　子《こ》ども会《かい》の屋台《やたい》で氷《こおり》が足《た》りなくなったから、会館《かいかん》の冷凍庫《れいとうこ》から持《も》っていってもらえるかな？」

右腕《みぎうで》にスタッフの腕章《わんしょう》をつけたお兄《にい》さんから、声《こえ》がかかる。

「わかりました。」

祭《まつ》りの音頭《おんど》にかき消《け》されないよう、大《おお》きな声《こえ》で返事《へんじ》をすると、わたしは走《はし》って自治会館《じちかいかん》へ向《む》かった。

待《ま》ちに待《ま》った、盆《ぼん》おどり当日《とうじつ》。

この日《ひ》をむかえるまでのあいだ、毎日神社《まいにちじんじゃ》に『ルルが早《はや》く治《なお》りますように。』『盆《ぼん》おどりに、お客《きゃく》さんがたくさん来《き》てくれますように。』とお願《ねが》いして、『雨《あめ》がふりませんように。』って、てるてる坊主《ぼうず》を何十個《なんじっこ》も作《つく》ってきた。

その願《ねが》いが通《つう》じたのか、きょうは急《きゅう》に雨《あめ》がふりだすこともなく、一日中《いちにちじゅう》晴《は》れマーク。

そして、予想以上《よそういじょう》にたくさんのお客《きゃく》さんが来《き》てくれた。

あまりのにぎわいに、お祭《まつ》りのスタッフも『えっ？　このあたりで、ほかにもイベントやってたっけ？』と、目《め》をまん丸《まる》くしていた。

屋台《やたい》の売《う》り上《あ》げも好調《こうちょう》で、その分《ぶん》、会場《かいじょう》のスタッフは大《おお》いそがし。あちらこちらでうれしい悲鳴《ひめい》があがっている。

氷《こおり》をとどけ終《お》えると、『警備《けいび》をしてくれているおじいちゃんたちに、これ、とどけてもらってもいいかな？』とべつのたのまれごとを受《う》け、わたしは会場《かいじょう》を走《はし》りまわる。

『星《ほし》カフェ』のみんなは、それぞれバラバラの場所《ばしょ》で手伝《てつだ》いをしている。

わたしとアイミちゃんは、誘導《ゆうどう》やゴミ捨《す》て、迷子《まいご》の案内《あんない》などの本部《ほんぶ》のお仕事《しごと》。ルルはあまり動《うご》きまわれないので、マチ子《こ》ちゃんといっしょに屋台《やたい》の仕事《しごと》を。

ユウト君《くん》は、キーボードがうまいのを買《か》われ、やぐらの横《よこ》のステージに出《で》ずっぱり。アオ君《くん》は、ステージのサポートだ。

「ココ、おつかれ！」

とちゅう、『夜《よる》パフェ』と書《か》かれた看板《かんばん》の下《した》から、ルルが手《て》をふってきた。

このお店《みせ》は『夜《よる》カフェ』のハナビちゃんたちが作《つく》った、かき氷《ごおり》をベースにしたパフェを売《う》っている。

見《み》た目《め》がかわいらしく、写真映《しゃしんば》えする氷《こおり》パフェは女《おんな》の子《こ》に大人気《だいにんき》で、始《はじ》まったころからお客《きゃく》さんの列《れつ》がとぎれない。

「ルル、調子《ちょうし》はどう？　無茶《むちゃ》してない？」

いくらよくなってきたからって、へたに体《からだ》を動《うご》かして、悪化《あっか》させていないか心配《しんぱい》だ。

「だいじょうぶ。さっきアオにも言《い》われた。このあと、ユウト君《くん》やリョウマ君《くん》たちの演奏《えんそう》で、河原町音頭《かわらちょうおんど》をやるから、そのときにおどれるように、ちゃんと体力《たいりょく》も温存《おんぞん》してある！」

ルルはV《ブイ》サインをしてみせた。

「楽《たの》しみだね。動画《どうが》を撮《と》って、お父《とう》さんに送《おく》らなくちゃ。」

「あっ、そうだ。さっき、ヒメちゃんとユキノさんが来《き》たよ。とりあえず食《た》べるだけ食《た》べたら、おどってくるって言《い》ってた。」

「そっか。あとで、さがしてみる！」

「ココちゃん、こっち、手伝《てつだ》ってもらってもいい？」

ルルと話《はな》しているあいだに、両手《りょうて》にゴミ袋《ぶくろ》をにぎりしめているアイミちゃんが通《とお》りかかった。

「わかった。じゃあ、ルル、またね。おどるとき、合流《ごうりゅう》しよう。」

約束《やくそく》をして、わたしはアイミちゃんと、満《まん》ぱいになったゴミ箱《ばこ》の袋《ふくろ》を交換《こうかん》しに行《い》った。

アイミちゃんもわたしも、まるで湯《ゆ》あがりのように汗《あせ》でびっしょりだ。

「ココちゃん、ちゃんと水分《すいぶん》とってる？　いそがしくても、ちゃんとお水《みず》、飲《の》みに行《い》ってね。あとこれ、さっき町内会《ちょうないかい》のおじいちゃんたちにもらったから。」

アイミちゃんがポケットから塩分《えんぶん》の入《はい》ったタブレットを二つ取《と》り出《だ》す。

「ありがとう。気《き》をつけるね。」

ふたりでいっしょに、口《くち》の中《なか》にほうりこんだ。

人《ひと》が人《ひと》を集《あつ》めるのか、いろんな音楽《おんがく》が引《ひ》きよせるのか、始《はじ》まって一時間後《じかんご》には、会場《かいじょう》の外《そと》まで人《ひと》があふれていた。

ヒメちゃんたちはもう来《き》ているみたいだけど、この中《なか》からさがすのは、むずかしいな。

ノカちゃんは今日《きょう》はお客《きゃく》さんとしての参加《さんか》だ。静岡《しずおか》から遊《あそ》びに来《き》ているシュリといっしょのはず。もう着《つ》いたのかな？　到着《とうちゃく》していたとしても、会《あ》えるかな？

電話《でんわ》してみようかな。そう思《おも》って、スマホを手《て》にした瞬間《しゅんかん》――、

「ココっ！」

ふいによばれて、ふりかえる。

たった今《いま》、頭《あたま》に思《おも》いうかべていたシュリとノカちゃんが、ものすごいスピードでかけよってくる。

「よかった！　連絡《れんらく》なしでいきなり会《あ》えるなんて、奇跡《きせき》じゃない⁉」

シュリがニコニコ笑《わら》っている。

背《せ》が前《まえ》よりものびたのか、ショートパンツからのびる足《あし》はスラッと長《なが》くて、はだはこんがり日焼《ひや》けしていて、スタイルが、よりシュッとして見《み》える。すごくカッコよくなって

る！

「ちょうど今《いま》、電話《でんわ》しようかなって、思《おも》っていたところだったの！」

そう言《い》いながらうれしくて、シュリの手《て》をつかんでしまった。

「めちゃめちゃもり上《あ》がってるね！　お店《みせ》も、いっぱい。」

ノカちゃんがうずうずしながら、あたりを見回《みまわ》す。

「でしょ？　思《おも》っていた以上《いじょう》にお客《きゃく》さんが来《き》てくれて、スタッフたちがいちばんびっくりしてるよ。ルルも、シュリたちが来《く》るのを待《ま》ってるよ！

『夜《よる》パフェ』っていうお店《みせ》に、マチ子《こ》ちゃんといっしょにいるから、行《い》ってみてね。あと、アオ君《くん》はステージのサポート係《がかり》なんだけど、ぜんぜん会《あ》えてないんだ。それから――。」

早《はや》くみんなにも会《あ》ってほしくて、説明《せつめい》していると、

「なんか、ココが別人《べつじん》みたい。」

シュリがつぶやいた。

「えっ？　そう？」

「遠《とお》くから見《み》えたとき、一瞬《いっしゅん》、ルルかなって思《おも》っちゃった。なんていうか、たくましく感《かん》じた。でも、話《はな》しているとココだなってわかる。いい意味《いみ》でね。」

シュリは、目《め》を細《ほそ》めた。

この笑顔《えがお》……。去年《きょねん》の夏《なつ》、シュリとつりに行《い》ったときのことを思《おも》い出《だ》す。幻想的《げんそうてき》なマジックアワーの光《ひかり》の中《なか》で、同《おな》じ表情《ひょうじょう》をしていた。

「シュリだって、背《せ》がのびたし、日焼《ひや》けもしてるし、めちゃくちゃカッコいい！　けど、シュリはシュリだね。いい意味《いみ》で。」

わたしも同《おな》じセリフを返《かえ》した。すると……、

「えー、きょうはみなさん、河原町町内会主催《かわらちょうちょうないかいしゅさい》の盆《ぼん》おどりにおこしいただきまして、ありがとうございます！」

ずっと流《なが》れていた音楽《おんがく》が止《や》み、アナウンスが入《はい》った。

「あっ！　『河原町音頭《かわらちょうおんど》』が始《はじ》まる。シュリ、ノカちゃん、食《た》べ物《もの》はあとにして、先《さき》におどろう！」

わたしはシュリの腕《うで》をつかんで、続《つづ》くノカちゃんの手《て》をシュリがにぎり、三人《にん》で列車《れっしゃ》の

ようにつながりながら人《ひと》ごみをかきわけて、やぐらのまわりに向《む》かった。

やぐらのいちばん高《たか》いところで太鼓《たいこ》をたたいていた大学生《だいがくせい》のお兄《にい》さんが、会場《かいじょう》に向《む》かって話《はな》している。

「この『河原町音頭《かわらちょうおんど》』は、河原町《かわらちょう》の陸《りく》に上《あ》がったカッパが、盆《ぼん》おどり会場《かいじょう》に迷《まよ》いこんで、いっしょに朝《あさ》までおどり明《あ》かすといった内容《ないよう》の歌《うた》です。

これだけ聞《き》くと、なんじゃそりゃ？　みたいな歌《うた》ですが、ぜひ、みなさんも、このカッパになりきって、いっしょにおどっていただきたいと思《おも》います！」

お兄《にい》さんが手短《てみじか》にふりつけの説明《せつめい》をして、やぐらの中段《ちゅうだん》にいる、手本《てほん》となる浴衣姿《ゆかたすがた》のおどり手《て》さんを紹介《しょうかい》する。

その中《なか》には、髪《かみ》をきっちり結《ゆ》いあげ、縦《たて》じまの浴衣《ゆかた》を着《き》た海老原《えびはら》さんの姿《すがた》もあった。

「あっ、ココっ！　シュリもノカちゃんも間《ま》に合《あ》ったね！」

ルルが息《いき》を切《き》らして歩《ある》いてきた。

「ルル！　たいへんだったね。だいじょうぶ？」

シュリが心配《しんぱい》そうにかけよる。

「飛《と》びはねないようにするから大丈夫《だいじょうぶ》。さあ、おどろうかっ!」

ルルがキメ顔《がお》を見《み》せた。次《つぎ》の瞬間《しゅんかん》――。

やぐらのお兄《にい》さんが『いよっ!』とかけ声《ごえ》をかけ、太鼓《たいこ》を鳴《な》らした。

それを合図《あいず》に、メインのやぐらのとなりにあるステージから、音楽《おんがく》が流《なが》れはじめる。

ドラムやギターのほかに、トランペット、おもちゃのラッパにパーカッションなど、いろんな楽器《がっき》がくわわっていく。

その中《なか》に、ユウト君《くん》の姿《すがた》を見《み》つけた。

キーボードではなく、鍵盤《けんばん》ハーモニカを弾《ひ》いている。

ステージにいる人《ひと》たちはみんな、ねじりはちまきにはっぴを着《き》ていて、とってもカッコいい!

曲《きょく》の合間《あいま》に、『ぴゅいー』っとまぬけな音《おと》のラッパや、『びよよよ〜ん』という音《おと》が入《はい》り、陽気《ようき》でおかしな音楽《おんがく》だ。

そんな伴奏《ばんそう》に、リョウマ君《くん》たちが歌《うた》をのせる。

聴《き》いているだけで楽《たの》しげな曲《きょく》は、おどりの輪《わ》の外《そと》にいる人《ひと》たちの頭《あたま》や体《からだ》をも、自然《しぜん》とゆらしていく。

「アッ、ソーレ！　カ〜ッパ、カ〜ッパとカ〜ッパラパ〜、カ〜ッパ、カ〜ッパとカ〜ッパラパ〜♫」

サビに入《はい》ったとたん、ガニまたで陸《りく》を平泳《ひらおよ》ぎするような、へんてこなふりつけが始《はじ》まり、おどっている人《ひと》たちが笑《わら》いだす。

ルルも、少《すこ》しゆっくりではあるけれど、シュリやノカちゃんといっしょに、楽《たの》しそうに泳《およ》いでまわる。

わたしはいそいでスマホを出《だ》して、その様子《ようす》を撮《と》る。

反対側《はんたいがわ》のほうで、ヒメちゃんとユキノさんもおどっているのが見《み》えたので、動画《どうが》にしっかりおさめる。

お父《とう》さんに送《おく》って、見《み》せてあげなきゃ。

ヒメちゃんがわたしたちに気《き》づき、ユキノさんの手《て》を引《ひ》っぱって、こちらのグループにまざった。

楽《たの》しそうな空気《くうき》は、円《えん》のまわりにいた人《ひと》たちもさそいこみ、一重《いちじゅう》だった輪《わ》が二重《にじゅう》にふくれあがっていく。

歌《うた》っていたリョウマ君《くん》が、間奏《かんそう》のところで、お客《きゃく》さんに話《はな》しかける。

「どこかに、本物《ほんもの》のカッパがまぎれこんでいるかもしれませんよ〜。『じつは、わたしがカッパです。』という人《ひと》がいたら、ぜひ、本部《ほんぶ》まで名乗《なの》り出《で》てください。うちの畑《はたけ》で採《と》れたキュウリをプレゼントします！」

じょうだんを言《い》って会場《かいじょう》をわかせると、

「アッ、ソーレ！　カ〜ッパ、カ〜ッパとカ〜ッパラパ〜、カ〜ッパ、カ〜ッパとカ〜ッパラパ〜♬」

曲《きょく》は、最後《さいご》のサビに入《はい》った。

いつまでも、こうしてみんなとおどっていたいな。

朝《あさ》までおどり明《あ》かしたカッパの気持《きも》ちを感《かん》じながら、『河原町音頭《かわらちょうおんど》』が終《お》わった。

そこからは少《すこ》し休《きゅう》けい時間《じかん》ということで、大学生《だいがくせい》のＤＪ《ディージェイ》の人《ひと》が、ゆったりした心地《ここち》のいいハワイアンな曲《きょく》を流《なが》しはじめた。

シュリとノカちゃんは『お腹《なか》が空《す》いちゃったから、いろいろ食《た》べてくる。』と言《い》い、ルルといっしょに『夜《よる》パフェ』へ向《む》かった。

わたしはアイミちゃんと合流《ごうりゅう》しようと思《おも》い、本部《ほんぶ》のテントにもどろうとしたとき、演奏《えんそう》を終《お》えたユウト君《くん》がかけよってきた。

「ユウト君《くん》、おつかれさま！　『河原町音頭《かわらちょうおんど》』、最高《さいこう》だったよ！　ユウト君《くん》の鍵盤《けんばん》ハーモニカ、とってもよかった！

めっちゃくちゃもり上《あ》がったね。子《こ》どもも大人《おとな》も、みんな大《おお》はしゃぎだったの。ステージから見《み》えた？」

「もちろん！　こんなに楽《たの》しかったのは、ひさしぶりだよ。」

ユウト君《くん》は、首《くび》にまいたタオルで汗《あせ》をふきながら、気持《きも》ちよさそうに答《こた》える。

「わたしも、すっごく楽《たの》しかった。ルルがシュリたちとおどったの！　ヒメちゃんなんて、完全《かんぜん》にふりつけをマスターしていたよ。あとね――。」

祭《まつ》りの熱気《ねっき》と興奮《こうふん》で、伝《つた》えたいことが次《つぎ》から次《つぎ》へと出《で》てくる。だけど、話《はな》したい気持《きも》ちに口《くち》が追《お》いつかない。

ユウト君《くん》は、ひとつひとつにあいづちを打《う》って、ちゃんと聞《き》いてくれた。

ああ、ユウト君《くん》、ねじりはちまきがよくにあってるなあ……。

あれ？　ユウト君《くん》がうなずきながら、ぐるぐる回《まわ》ってる……。

ふ〜っと身体中《からだじゅう》の力《ちから》がぬけると同時《どうじ》に、自分《じぶん》の意識《いしき》までユウト君《くん》といっしょにうずの中《なか》にのみこまれていく。

あれ？

あれれ〜〜〜？

「ココっ！」

うすれる意識《いしき》の中《なか》で、ユウト君《くん》の声《こえ》が遠《とお》くに聞《き》こえた。

ああ、まだまだ話《はな》したいことがたくさんあるのに……。

ここに、いたいのに……。

11 背中《せなか》のぬくもり

気《き》がつくと、見《み》なれない木目《もくめ》の天井《てんじょう》が見《み》えた。

あれ？　ここは、どこだろう？

さっきまで、ユウト君《くん》と話《はな》していて……。

あっ！

「盆《ぼん》おどりっ!?」

起《お》き上《あ》がろうとしたとたん、ふらっとめまいがした。

「急《きゅう》に動《うご》いちゃダメだよ。」

となりにすわっていたユウト君《くん》が、わたしの肩《かた》をおさえた。

「あっ、えっ？　あれ？　ここ、どこ？　わたし、なんでこんなところにいるの？」

意識《いしき》がはっきりしてきて、ようやく部屋《へや》の中《なか》を見回《みまわ》す。

わたしは小《ちい》さなソファの上《うえ》にいて、冷房《れいぼう》のきいた部屋《へや》の中《なか》で、ユウト君《くん》とふたりだけだ。

「ここは、会場《かいじょう》のとなりの休《きゅう》けい室《しつ》。ココは軽《かる》い熱中症《ねっちゅうしょう》で、たおれたんだ。町内会《ちょうないかい》のおじさんの中《なか》にお医者《いしゃ》さんがいて、さっきまで診《み》てもらってた。脈《みゃく》も呼吸《こきゅう》も安定《あんてい》しているし、体温《たいおん》も正常《せいじょう》で、重症《じゅうしょう》ではなさそうだから、起《お》きるまで様子《ようす》をみようって言《い》われたんだ。」

ユウト君《くん》が落《お》ち着《つ》いた声《こえ》で説明《せつめい》する。

頭《あたま》がまっ白《しろ》になる。

「じゃあ、盆《ぼん》おどりは……、もう終《お》わっちゃった……？」

声《こえ》がうわずる。

わたしがねているあいだに……？

そんなの、悲《かな》しすぎる。

「それより、自分《じぶん》の心配《しんぱい》をしろよ。急《きゅう》にたおれたんだぞっ。」

ユウト君《くん》が声《こえ》をあららげた。

「よんでも反応《はんのう》しないし、顔《かお》はまっ白《しろ》だし、このまま意識《いしき》がもどらなかったらって、よぎったら、気《き》が気《き》じゃなくて。」

「ごめんなさい。」

わたしはとっさにうつむく。

どうしよう、こんなにこまらせてしまった。

だけど、とつぜん、ユウト君《くん》の腕《うで》がわたしの体《からだ》をつつみこんだ。

「ユ……ウト君《くん》……。」

「おれが言《い》いたいのは、それくらいココが大事《だいじ》ってこと。」

耳元《みみもと》で、ユウト君《くん》がつぶやく。

「ココがこのままいなくなったらって思《おも》って、こわくなった。自分《じぶん》が思《おも》っていた以上《いじょう》に、ココのことを好《す》きになってた。それがわかったよ。」

ぎゅっと、ユウト君《くん》の腕《うで》に力《ちから》がこもる。

わたしも、応《こた》えるように背中《せなか》に手《て》を回《まわ》す。

「うん……。わたしも、好《す》き。」

どちらのものとも、もうわからない、胸《むね》の鼓動《こどう》の高鳴《たかな》り。

あふれてくる気持《きも》ちのまま、見《み》た目《め》よりもがっしりしたユウト君《くん》の背中《せなか》をなでた。

「あと、ココがたおれてから、まだ三十分《ぷん》もたってないから。」

ユウト君《くん》がクスッと笑《わら》い、息《いき》が耳《みみ》にかかる。

「よかったあ……。」

「それは、こっちのセリフ。」

ユウト君《くん》が体《からだ》をはなし、フッと笑《え》みをもらす。

「ルルたちも心配《しんぱい》してたから、あとで会《あ》い

に行《い》ってあげて。」

「うん。迷惑《めいわく》をかけちゃって、ごめんなさい……。」

はずかしさと申《もう》し訳《わけ》なさで、こらえきれずにうつむいた。

ユウト君《くん》の手《て》がわたしのほおにふれて、そっと顔《かお》を起《お》こした。

「迷惑《めいわく》なんかじゃないよ。ココが元気《げんき》なら、それでいい。」

「ありがとう……。」

——そのとき、

「ココちゃん！　たおれたって聞《き》いたけど、だいじょうぶ!?」

引《ひ》き戸《ど》をスパンッと開《あ》けて、アイミちゃんが飛《と》びこんできた。

とっさにユウト君《くん》が手《て》をはなし、わたしも体《からだ》をのけぞらす。

「だっ、いじょうぶ！　たった今《いま》、起《お》きたところ！」

あわてて、平静《へいせい》をよそおう。

「でも、顔《かお》がまだ赤《あか》いよ、平気《へいき》？」

アイミちゃんは熱《ねつ》を測《はか》るように、わたしのおでこに手《て》のひらを当《あ》てた。

「熱《ねつ》もあるんじゃない？」

「ほんと、もう元気《げんき》だから。」

それに、顔《かお》が赤《あか》い理由《りゆう》はわかっている。

「でも、熱中症《ねっちゅうしょう》って聞《き》いたよ⁉　ちゃんと水飲《みずの》んでねって、言《い》ったのにっ。大事《だいじ》にいたらなくて、ほんと、よかったよ。」

アイミちゃんは文句《もんく》を言《い》いながらも、最後《さいご》は胸《むね》に手《て》を当《あ》てて、ホッとした顔《かお》をした。

「じゃあ、おれはステージにもどるね。」

ユウト君《くん》が立《た》ち上《あ》がる。

「あっ‼　……やだ、ごめん。わたし、おじゃましちゃったよね？　……待《ま》って！　これ、たくさんもらってきたから、ステージの人《ひと》たちとも、みんなで食《た》べてください。」

アイミちゃんが、ポケットからたくさんの塩味《しおあじ》のタブレットを取《と》り出《だ》し、ユウト君《くん》にわたした。

「ありがとう！」

ユウト君《くん》はさわやかな笑顔《えがお》で、部屋《へや》を出《で》ていった。

「カッコいいね、ココちゃんの彼氏《かれし》。」

アイミちゃんが静《しず》かに言《い》う。

「えっ⁉　ううん、いやっ、彼氏《かれし》ではない……、かも。」

せっかく冷《さ》めた顔《かお》が、また熱《あつ》くなる。

「照《て》れちゃって。あんないい雰囲気《ふんいき》なのに。だれが見《み》たって、わかるよ。」

アイミちゃんがふくみ笑《わら》いをうかべる。

「もう、だいじょうぶだから、会場《かいじょう》に行《い》こう！」

わたしは顔《かお》をかくすように、アイミちゃんの背中《せなか》をおして、部屋《へや》をあとにした。


本部《ほんぶ》に着《つ》くと、みんなが声《こえ》をかけてくれた。

実行委員長《じっこういいんちょう》も、『ゆっくり休《やす》んでいていいよ。』って言《い》ってくれたけど、じっとしていることもできなかったので、アイミちゃんとわかれ、ルルをさがしに『夜《よる》パフェ』に向《む》かった。すると、

「さー、次《つぎ》はお待《ま》ちかねの新企画《しんきかく》、『夏《なつ》の主張《しゅちょう》』のコーナーです！」

音楽《おんがく》が止《や》み、司会《しかい》のお兄《にい》さんのアナウンスが流《なが》れる。

やぐらの上《うえ》で、お兄《にい》さんが企画《きかく》の説明《せつめい》をすると、会場《かいじょう》がざわついた。近《ちか》くにいた中学生《ちゅうがくせい》の女《おんな》の子《こ》のグループがもり上《あ》がっている。

その中《なか》のひとりは、アイミちゃんと家《いえ》をたずねたボブヘアの女《おんな》の子《こ》だった。

お友《とも》だちと来《き》てくれたんだ。あとでアイミちゃんに報告《ほうこく》しなきゃ。

「それでは、主張《しゅちょう》をしたいという方《かた》がいたら、やぐらの脇《わき》、今《いま》スタッフが看板《かんばん》をあげている場所《ばしょ》に集《あつ》まってください！」

お兄《にい》さんが指《ゆび》をさすと、ステージのサポート係《がかり》のアオ君《くん》が、『参加希望者《さんかきぼうしゃ》はこちら！』と書《か》かれた看板《かんばん》をかかげた。

わたしの視線《しせん》に気《き》づいて、アオ君《くん》が手《て》をふったので、口《くち》パクで『がんばれ！』と伝《つた》え、両手《りょうて》をにぎってみせた。そのとき、

「あっ！　ココっ！　いたっ！」

うしろから自分《じぶん》の名前《なまえ》をよばれてドキッとする。

ふりむくと、ルルとマチ子《こ》ちゃんが、ズンズンとせまってきて、ふたりでわたしの両腕《りょううで》

を拘束《こうそく》するようにつかんだ。

「もう体調《たいちょう》はいいの？」

右《みぎ》からはマチ子《こ》ちゃんが、左《ひだり》からはルルが話《はな》しかけてくる。

「ユウト君《くん》、めっちゃ心配《しんぱい》してたんだよ。血相変《けっそうか》えて『夜《よる》パフェ』にかけこんできてさ。ココをお姫様抱《ひめさまだ》っこして、休《きゅう》けい室《しつ》に運《はこ》んだんだよ！　だから、ふたりだけにしてあげたの～。」

「手《て》まで、ふるえていたんだから。」

マチ子《こ》ちゃんがつけくわえる。

「ええっ!?　そうだったんだ……。」

『ココが元気《げんき》なら、それでいい。』そう言《い》った、ユウト君《くん》の顔《かお》を思《おも》い出《だ》し、胸《むね》がキュッとしめつけられる。

「あとで、お礼《れい》にチューくらい、しておきなよ。」

ルルがパンッと背中《せなか》をたたいた。

「ひゃっ！　そんなの、できないし！　お礼《れい》になんかならないってば！　それより、ふたりは、今《いま》は休《きゅう》けい時間《じかん》？」

無理《むり》やり話題《わだい》を変《か》える。

「うん。ハナビちゃんが、『夏《なつ》の主張《しゅちょう》』は『星《ほし》カフェ』のみんなで見《み》ておいでよって言《い》ってくれて、店番《みせばん》を代《か》わってくれたの。」

マチ子《こ》ちゃんが答《こた》えると、ちょうどやぐらの上《うえ》で動《うご》きがあった。

「お待《ま》たせいたしました。では、トップバッターのソウタ君《くん》。小学校《しょうがっこう》四年生《ねんせい》。主張《しゅちょう》をどうぞっ！」

お兄《にい》さんが名前《なまえ》をよぶと、男《おとこ》の子《こ》がやぐらの上《うえ》にあがってきた。

そして、マイクに向《む》かって口《くち》を開《ひら》く。

「ぼくはきょう、お母《かあ》さんに『夏休《なつやす》みの宿題《しゅくだい》はちゃんと終《お》わったの？』ときかれ、そのときは『うん。』って答《こた》えたけど……、ほんとは一個《こ》も終《お》わってません！　あした、がんばります！」

男《おとこ》の子《こ》は、いさぎよくさけんだ。観客《かんきゃく》から、ドッと笑《わら》いと拍手《はくしゅ》が起《お》こる。

すると、会場《かいじょう》のどこかからワッと声《こえ》があがり、みんなの注目《ちゅうもく》が、ある屋台《やたい》に集《あつ》まった。

子《こ》ども会《かい》のお母《かあ》さんたちの屋台《やたい》から女《おんな》の人《ひと》が出《で》てくると、

「今夜《こんや》からやりなさいっ！」

と、大《おお》きな声《こえ》でどなった。

まわりのお母《かあ》さんや町内会《ちょうないかい》のおじいさんたちから、さらに笑《わら》い声《ごえ》があがる。

男《おとこ》の子《こ》は、はずかしそうに鼻《はな》の頭《あたま》をちょいちょいっとかいていたけれど、最後《さいご》まで堂々《どうどう》とした態度《たいど》で、トップバッターの主張《しゅちょう》を終《お》えた。

やぐらからおりる男《おとこ》の子《こ》に向《む》かって、まわりから、『がんばれよー。』と声援《せいえん》が送《おく》られる。

男《おとこ》の子《こ》のこれからを思《おも》うと、そうとうたいへんそうだけど、おかげで、会場《かいじょう》が一気《いっき》になごやかなムードになった。

それからも数人《すうにん》の若《わか》い男《おとこ》の人《ひと》や女《おんな》の人《ひと》、おばさんやスタッフたちも、やぐらの上《うえ》に立《た》ち、思《おも》い思《おも》いの主張《しゅちょう》をした。

とちゅうから、シュリとノカちゃん、ヒメちゃんとユキノさんもわたしたちを見《み》つけて集《あつ》まってきて、みんなでこのコーナーを楽《たの》しんだ。

そして、司会者《しかいしゃ》にうながされて、最後《さいご》の主張者《しゅちょうしゃ》がやぐらに立《た》った。

「「あっ!!」」

ルルと同時《どうじ》に声《こえ》をあげた。

みんなの注目《ちゅうもく》を一身《いっしん》に集《あつ》めているのは、アオ君《くん》だった。

前《まえ》にルルがアオ君《くん》に『出《で》てみたら？』ってすすめたら、いやがっていたのに……。

ルルもアオ君《くん》が出《で》ることは知《し》らなかったみたいで、『うっそ!?』『スケボー、持《も》ってなくて、だいじょうぶかな？』って、大《おお》きな口《くち》を開《あ》けて笑《わら》っている。

マチ子《こ》ちゃんは、あわててスマホを取《と》り出《だ》すと、動画《どうが》モードで撮影《さつえい》しはじめた。

やぐらの上《うえ》のアオ君《くん》は、いつもとはちがい、緊張《きんちょう》した面持《おもも》ちだ。

「それでは、本日《ほんじつ》の大《おお》トリ、現在《げんざい》十四歳《さい》、アオ君《くん》。主張《しゅちょう》をどうぞ！」

司会者《しかいしゃ》が声《こえ》をかけると、アオ君《くん》は目《め》を閉《と》じて、すーっと息《いき》をすいこんだ。

「オレは、けっこうおしゃべりです。」

アオ君《くん》の一声《ひとこえ》を聞《き》いて、ルルがふきだした。

「人《ひと》と話《はな》すのは好《す》きだし、初対面《しょたいめん》の人《ひと》とも、けっこうすぐに仲良《なかよ》くなれます。

あんまり意識《いしき》していなかったけど、クラスの友《とも》だちに『コミュ力《りょく》おばけだよな。』って言《い》われて、自分《じぶん》でも『そうなんだ。』って、調子《ちょうし》にのっていました。」

アオ君《くん》の話《はなし》に、まわりにいる人《ひと》たちもクスクス笑《わら》っている。

「だけど、そんなオレでも、かんじんな相手《あいて》に……、いちばん伝《つた》えたい言葉《ことば》が、どうしても言《い》えません。」

そこまで聞《き》いて、わたしはハッと息《いき》をのんだ。

アオ君《くん》は、マイクを司会者《しかいしゃ》に返《かえ》すと、

「ルルっ！」

大声《おおごえ》で名前《なまえ》をよんだ。

あたりはシーンと静《しず》まりかえっている。

「ひゃい……。」

ルルのなさけない声《こえ》がひびく。会場中《かいじょうじゅう》の視線《しせん》が、ルルに注《そそ》がれる。

だれもが、次《つぎ》の言葉《ことば》を待《ま》つ中《なか》――。

「オレは、ルルが好《す》きだ――――！」

マイクを通《とお》さないアオ君《くん》のさけび声《ごえ》が、会場中《かいじょうじゅう》にひびきわたった。

一瞬《いっしゅん》の静寂《せいじゃく》のあと、『キャ――――！』という黄色《きいろ》い歓声《かんせい》があがる。それもすぐに止《や》むと、だれもが息《いき》をひそめて返事《へんじ》を待《ま》った。

「あたしも……、あたしも、アオが好《す》き！　ずっと、ずっと前《まえ》から好《す》きだったんだから！」

ルルも負《ま》けじと、大《おお》きな声《こえ》で返《かえ》した。

ふたたび女《おんな》の子《こ》たちが声《こえ》をもらし、観客《かんきゃく》から祝福《しゅくふく》の声《こえ》がふたりに送《おく》られる。

「そーいうとこ、ほんと好《す》き。」

アオ君《くん》が笑《わら》い、やぐらからヒョイッとおりてきた。

前《まえ》にいた観客《かんきゃく》が左右《さゆう》にわかれて、アオ君《くん》とルルのために道《みち》をつくった。

アオ君《くん》はルルをそっと抱《だ》きしめた。

まわりから歓声《かんせい》がわきおこった。

マチ子《こ》ちゃんは、まるでプロのカメラマンのように、ふたりの様子《ようす》をいろんな角度《かくど》から動画《どうが》におさめた。

お父《とう》さんとお母《かあ》さんに、見《み》せたかったな。

あんなにたいへんなケガをして、引《ひ》きこもって、心《こころ》を閉《と》ざしていたルルが、今《いま》はあんなに幸《しあわ》せそうに笑《わら》ってるの。

すごいね。よかったね。

ツーッと、涙《なみだ》がほおを流《なが》れるのを感《かん》じる。

そのとき、ピアノの音《おと》が流《なが》れはじめた。

やさしく会場《かいじょう》をつつみこむ音《おと》。

わたしの大好《だいす》きな音《おと》だ。

ふりむくと、ステージの上《うえ》で、キーボードを弾《ひ》いているユウト君《くん》と目《め》が合《あ》った。

有名《ゆうめい》な洋楽《ようがく》のラブソングで、ドラムの人《ひと》もすぐに気《き》がついたのか、ピアノの伴奏《ばんそう》にリズムをきざみはじめる。そこに、ギターの音《おと》、ベースのメロディーがくわわる。

ふたりに贈《おく》られるように流《なが》れだしたラブソング。会場《かいじょう》がさらにもり上《あ》がる。

「さあ、一生《いっしょう》わすれられない『夏《なつ》の主張《しゅちょう》』となりました。みなさんのどの主張《しゅちょう》にもドラマがあって、ぼくは胸《むね》がいっぱいです！　ありがとうございました！　主張《しゅちょう》をしてくださった方々《かたがた》に拍手《はくしゅ》をお願《ねが》いします！」

司会《しかい》のお兄《にい》さんが、今《いま》にも泣《な》きそうな顔《かお》で、マイクをにぎりしめている。

「盆《ぼん》おどりもラストスパート。きょう、一度《いちど》もおどっていないという方《かた》も、ぜひ輪《わ》の中《なか》に入《はい》って、いっしょにおどりましょう！」

アナウンスに合《あ》わせて、おどり手《て》のおばさんたちと海老原《えびはら》さんが、やぐらの中段《ちゅうだん》にならんだ。

「ココっ、おどろう。」

シュリがわたしの手《て》を引《ひ》いた。

「うん！　ノカちゃんもヒメちゃんも。」

わたしは、ノカちゃんたちに手招《てまね》きをする。

ひとりがだれかをよび、その輪《わ》が広《ひろ》がっていく。

子《こ》どもも学生《がくせい》も大人《おとな》も、おじいちゃんやおばあちゃんたちも、みんなが一つの輪《わ》になって、おどっている。

小《ちい》さかった人《ひと》の輪《わ》が、どんどん大《おお》きくなっていく。

言葉《ことば》を交《か》わすわけではないのに、おたがいの『楽《たの》しい』という気持《きも》ちが、心《こころ》に流《なが》れこんでくるみたい。

これで終《お》わっちゃうなんて、いやだな。

今年《ことし》で最後《さいご》だなんて、さみしすぎる。

でも、みんなとこうやって、笑《わら》い合《あ》えるなら、盆《ぼん》おどりじゃなくたって、いいのかもしれない。

おどりたくなったら、自分《じぶん》たちで、いつでも始《はじ》めればいいんだ。

わたしひとりでは無理《むり》だけど、みんなとなら、きっとなんだってできる。

そう思《おも》うと、無敵《むてき》になれる気《き》がした。

そして、『河原町盆《かわらちょうぼん》おどり大会《たいかい》』は、たくさんのお客《きゃく》さんの拍手《はくしゅ》と笑顔《えがお》につつまれながら、夜《よる》の八時《じ》きっかりに幕《まく》を閉《と》じた。

12 『ココとルルの観察日記《かんさつにっき》』

「ただいまより、精肉《せいにく》、二パックで二十%オフ。三パック以上《いじょう》お買《か》い上《あ》げで、三十%オフ！　三十%オフ！」

タイムセールを告《つ》げるアナウンスが、夕《ゆう》ごはんの買《か》い物客《ものきゃく》でにぎわう店内《てんない》に流《なが》れた。

「それは、安《やす》いっ！」

にぎやかな人《ひと》ごみの中《なか》でも、わたしの耳《みみ》は、内容《ないよう》をはっきりと聞《き》き取《と》った。

「ルルっ！　ちょっと待《ま》ってて！」

わたしは、持《も》っているカゴをルルにわたし、即座《そくざ》に精肉《せいにく》コーナーへ向《む》かう。

人《ひと》が集《あつ》まりだした冷蔵《れいぞう》ケースに、身《み》を乗《の》り出《だ》す。

そのあとも野菜《やさい》コーナーやお魚《さかな》コーナーで、タイムセールがあり、わたしはスーパーの中《なか》を走《はし》りまわる。

おかげで、豚《ぶた》ロース肉《にく》、トリのモモ肉《にく》などの、ふだんはちょっと高《たか》めの肉《にく》や野菜《やさい》を、格《かく》安《やす》の値段《ねだん》で買《か》うことができた。

予備《よび》のエコバッグがパンパンになるくらい戦利品《せんりひん》をつめこんで、ルルとふたりでスーパーを出《で》る。

「相変《あいか》わらず、買《か》い物《もの》のときのココは、たのもしいね〜。」

となりでルルがククッと笑《わら》う。

「きょうは、すごかったね。最近《さいきん》は、まとまった買《か》い物《もの》ができていなかったから、これでしばらくは安心《あんしん》。」

わたしは、大《おお》きくふくらんだエコバッグをだきしめた。

「きのうまでは、カメ子《こ》のケージの前《まえ》で、ぬけがらみたいになっていたのに。ココが復活《ふっかつ》してよかったよ。」

ルルがやれやれと胸《むね》をなでおろした。

盆《ぼん》おどりが終《お》わって、数日後《すうじつご》。

ルルが言《い》うように、〝ぬけがら〟そのものになっていたわたしのもとに、うれしいニュースが舞《ま》いおりた。

『チーム盆《ぼん》おどり』のLINE《ライン》グループに、実行委員長《じっこういいんちょう》から、今年《ことし》で最後《さいご》とされていた盆《ぼん》おどりが、来年《らいねん》も開催《かいさい》されることに決《き》まったと連絡《れんらく》が入《はい》った。

来《き》てくれた地元《じもと》の人《ひと》たちから、『来年《らいねん》も来《き》たい。』『終《お》わらせないで、継続《けいぞく》してほしい。』という希望《きぼう》がたくさんよせられ、寄付金《きふきん》まで集《あつ》まったらしい。

中《なか》には『自分《じぶん》もスタッフで参加《さんか》したい。』『「夏《なつ》の主張《しゅちょう》」に出《で》たい。』といった声《こえ》も多《おお》く、すぐに河原町町内会《かわらちょうちょうないかい》で会議《かいぎ》が開《ひら》かれて、この先《さき》も続《つづ》けることになった。

実行委員長《じっこういいんちょう》からのメッセージは、『来年《らいねん》も、ぜひご参加《さんか》ください！』という言葉《ことば》でしめくくられていた。

「すごいよね。もう終《お》わるって決定《けってい》していたのに、それがひっくり返《かえ》るなんて。」

わたしは、つくづく思《おも》う。

「ほんとっ。そういうことってあるんだよね〜。

あたしだって、『もう終《お》わり。』『消《き》えちゃいたい。』とまで言《い》っていたのに、今《いま》は、『あれ？　あたしって、世界一《せかいいち》、幸《しあわ》せなんじゃない？』って、思《おも》っちゃうもんね。」

ルルはそう言《い》いながら、今《いま》にもスキップしそうなくらい、軽《かろ》やかに歩《ある》いている。

ルルがここまで回復《かいふく》して、おまけに『世界一《せかいいち》、幸《しあわ》せ』とまで思《おも》えるなんて、ほんとに、奇跡《きせき》って起《お》こるんだ。人《ひと》って、こんなふうに変《か》われるんだ……。

わたしはほほえみながら、ルルを見《み》つめた。

「リハビリ、すごくがんばってたもんね、ルル。毎日暑《まいにちあつ》い中《なか》、階段《かいだん》をのぼりおりしたり。」

「ココこそ、ありがとね。あたしがケガをしてから、毎日《まいにち》、神社《じんじゃ》にお参《まい》りしてくれてたんでしょ？」

「えっ？　どうして、知《し》ってるの？」

そのことは、ヒメちゃんしか、知《し》らないはず。

「じつはさ～、きのうの夜《よる》、ヒメちゃんの自由研究《じゆうけんきゅう》をのぞいちゃったんだよね～。」

ルルは、いたずらっぽく笑《え》みをうかべる。

「そしたらね、『ココちゃんとルルちゃんの観察日記《かんさつにっき》』って、書《か》いてあったの。」

「ええっ!?　そんなの研究題材《けんきゅうだいざい》になるの？　っていうか、はずかしいよ。」

「まあ、聞《き》いてよ。日記《にっき》の始《はじ》まりは、あたしがケガをしたところからなの。暗《くら》い顔《かお》でごはんを食《た》べているあたしの絵《え》まで描《か》いてあってね。

ココが毎日神社《まいにちじんじゃ》にお参《まい》りに行《い》ってくれている様子《ようす》とか、あたしが元気《げんき》になるメニューを考《かんが》えてくれていたりとか、アオといっしょにスケボーの動画《どうが》を観《み》ているところとか、ちゃーんと書《か》いてあって。」

「ヒメちゃん、いつのまにそんな……。というか、ルルものぞき見《み》のわりに、かなりしっかり読《よ》みこんでるね。」

思《おも》わず口《くち》をはさむ。

「ヒメちゃんはソファで爆睡《ばくすい》してたから、バレてない！　最後《さいご》は盆《ぼん》おどりで、みんなで笑《わら》っているところで終《お》わっていたんだけど、あたし、こらえ切《き》れずに泣《な》いちゃったんだよね。

似顔絵《にがおえ》は下手《へた》だけど、百点満点《ひゃくてんまんてん》って書《か》きこみたかったもん。」

ルルは急《きゅう》に足《あし》を止《と》めると、

「あたしね、ココと双子《ふたご》でよかったな～って、実感《じっかん》したんだ。」

おだやかな顔《かお》で、わたしを見《み》つめた。

「わたしも……。」

口《くち》を開《ひら》くと、どんどん気持《きも》ちがあふれてくる。

「ルルと双子《ふたご》で、よかった！」

わたしも声《こえ》をはって答《こた》える。

「これからも、よろしくね。」

ルルがカラッと笑《わら》った。

「うん。こちらこそ。」

どんなときも、ルルといっしょだった。

お母《かあ》さんが亡《な》くなった日《ひ》も、となりにはルルがいた。

アメリカと日本《にほん》ではなれてしまっても、気持《きも》ちはそばに感《かん》じていた。

これまでのことを思《おも》い出《だ》すだけで、心《こころ》が満《み》たされていく。

そして、わたしはわたしでよかった。

ふいに、腕《うで》にひんやりとした水《みず》がたれて、われに返《かえ》った。

「あっ、アイス、買《か》ったのをわすれてた！」

「やばい、とけちゃうから、早《はや》く帰《かえ》ろ！」

ルルが歩《ある》きだす。

けっきょく、帰《かえ》り道《みち》のとちゅうで、暑《あつ》さにたえられず、ルルとふたりでアイスの箱《はこ》を開《あ》けた。

マンションの前《まえ》に帰《かえ》ってきたところで、マチ子《こ》ちゃんと会《あ》った。

三人《にん》でいっしょにエントランスロビーに入《はい》ると、こんどはユウト君《くん》が、郵便《ゆうびん》ポストから荷物《にもつ》を取《と》り出《だ》していた。

「いっぱい買《か》ったね。今晩《こんばん》、何《なに》を食《た》べるの？」

パンパンにつまったエコバッグを見《み》て、ユウト君《くん》がたずねる。

「しまった。そういえば、メニューは考《かんが》えてなかった……。」

と答《こた》えると、ふと、あるアイディアがうかんだ。

「ねえ、今夜《こんや》、『星《ほし》カフェ』、やろうよ。」

わたしは、いせいよく声《こえ》をかける。

「『いいね！』」

全員《ぜんいん》がいっせいに答《こた》えた。

「うち、お中元《ちゅうげん》でもらったハムとソーセージが、食《た》べきれずに冷凍庫《れいとうこ》に入《はい》ったままになってるから、持《も》ってくよ。」

ユウト君《くん》が言《い》うと、マチ子《こ》ちゃんが続《つづ》く。

「わあ、ゴージャス！　うちも、梨《なし》をいっぱいもらったから、デザートで食《た》べよう。」

「やったー。ノカちゃんやアイミちゃんにも連絡《れんらく》してみる。あっ、ユキノさんにも、きょう『星《ほし》カフェ』やりますって、伝《つた》えておかないと。」

わたしはスマホを取《と》り出《だ》すと、メッセージを打《う》ちこむ。

「アオは、今《いま》から来《く》るって。」

ルルが画面《がめん》を見《み》せた。マチ子《こ》ちゃんが目《め》を見開《みひら》く。

「返事《へんじ》、早《はや》っ！」

エレベーターを待《ま》っているあいだの短《みじか》い時間《じかん》に、どんどん話《はなし》が進《すす》む。

それぞれ家《いえ》に食材《しょくざい》を取《と》りに行《い》くため、一度解散《いちどかいさん》して、改《あらた》めて家《うち》に集《あつ》まることになった。

家《いえ》の玄関《げんかん》の前《まえ》で、ルルが急《きゅう》に立《た》ち止《ど》まる。

「あのさ、ココ。」

「どうしたの？」

「フタバも……、さそっていいかな？　せっかくだしさ……。」

ルルは、少《すこ》しはずかしそうに答《こた》える。

「もちろん、いいに決《き》まってるよ！　今《いま》から、よびに行《い》っちゃおうか。」

「うん。」

ルルと急《いそ》いで三階《がい》へおりる。

小学生《しょうがくせい》のとき以来《いらい》、ひさしぶりにおとずれるフタバちゃんの家《いえ》の前《まえ》に立《た》つと、ルルがインターホンをおした。

けれど、反応《はんのう》が返《かえ》ってこない。

ルルは、少《すこ》し緊張《きんちょう》した顔《かお》だ。

『だいじょうぶだよ。』

自分《じぶん》にも言《い》い聞《き》かせるように、ルルの背中《せなか》に手《て》を当《あ》てた。

ルルも、『オッケー!』と言《い》いそうな表情《ひょうじょう》でうなずく。

ルルがもう一度《いちど》インターホンをおそうとしたとき、玄関《げんかん》へ向《む》かって走《はし》ってくる足音《あしおと》と同《どう》時《じ》に、『はーい。』というフタバちゃんの声《こえ》が聞《き》こえてくる。

ドアが開《ひら》いた瞬間《しゅんかん》、ルルと心《こころ》を合《あ》わせた。

「「いっしょに、夕《ゆう》ごはん、食《た》べよ?」」


（おわり）

番《ばん》外《がい》編《へん》

ぼくの居《い》場《ば》所《しょ》

1 あの子《こ》は、だあれ？

「助《たす》けて!!」

ものすごいスピードで男《おとこ》の子《こ》が走《はし》ってくる。

夕方《ゆうがた》、買《か》い物《もの》から帰《かえ》ってきたわたしと双子《ふたご》の姉《あね》の流々《るる》は、自宅《じたく》マンションのエントランスで足《あし》を止《と》めた。

「え!?　何《なに》!?　どうしたの？」

「こわい男《おとこ》の人《ひと》に追《お》いかけられているんです。助《たす》けてください！」

男《おとこ》の子《こ》は、わたしたちにかくれるようにして体《からだ》を小《ちい》さくする。けれど、背負《しょ》っているリュックがはみ出《で》ている。

「とりあえず、かくまおう。」

わたしとルルは、あたりをうかがいながら男《おとこ》の子《こ》をかくすようにしてマンションに入《はい》り、七階《かい》にあるわたしたちの家《いえ》に連《つ》れていく。

さぞかしこわい思《おも》いをしただろうと思《おも》っていたのだけど……。

「おじゃましまーす。はあ、助《たす》かった……。ありがとうございました。」

男《おとこ》の子《こ》は明《あか》るく言《い》う。

あれ？　どうしてこんなに平然《へいぜん》としているんだろう？

「あ！　ピアノだ！」

男《おとこ》の子《こ》は、リビングに置《お》いてあるピアノを見《み》つけるなり、かけよった。

「ピアノ、だれか弾《ひ》くの？」

「ううん、わたしたちは弾《ひ》けないの。これは、お母《かあ》さんの形見《かたみ》なんだ。」

わたし――水庭湖々《みずにわここ》、中学《ちゅうがく》一年生《ねんせい》。ルルとわたしは、三年前《ねんまえ》にお母《かあ》さんを病気《びょうき》で亡《な》くした。今《いま》は、お父《とう》さんと三人《にん》で暮《く》らしている。

「ふ～ん。」

男《おとこ》の子《こ》はピアノに目《め》を落《お》としたまま答《こた》えた。

クルクルとカールした髪《かみ》がかわいらしくて、わたしよりも頭《あたま》一つぶん低い背《せ》たけから、見《み》たところ小学生《しょうがくせい》のようだけど……。

「ところで、名前《なまえ》は？」

「リクです。」

「何年生《なんねんせい》？」

「五年生《ねんせい》。」

わたしは、この男《おとこ》の子《こ》をどうにか無事《ぶじ》に帰《かえ》さなければと、質問《しつもん》を重《かさ》ねる。

「家《いえ》はどこ？」

「えーと、どこだったかな……？」

「どうして追《お》いかけられているの？」

「さあ、なんでだろう……？」

「追《お》いかけてきているのは知《し》っている人《ひと》な

の？」

「知《し》っているような、知《し》らないような……？」

わたしの質問《しつもん》を、リクはのらりくらりと、あいまいな返事《へんじ》でかわしていく。

すると、それまでだまっていたルルがいらだちをあらわにする。

「あんたねえ！　せっかく助《たす》けてあげたんだから、ちゃんと答《こた》えなさいよ。」

言《い》いたいことははっきり言《い》うルルが、リクにつめよる。

「わあ、こわーい。」

リクは悪《わる》びれる様子《ようす》もなく肩《かた》をすくめる。

「なんだか、のどがかわいちゃったな……。お水《みず》をもらってもいいですか？」

いったいなんなの、この男《おとこ》の子《こ》は——！

つかみどころがなくて、何《なに》を考《かんが》えているのかわからない。

このリクとの出会《であ》いが、これから起《お》こるたいへんな出来事《できごと》にわたしたちをまきこむことになるとは、このときはまだわからなかった。

ちょうどたずねてきた、同《おな》じマンションに住《す》むわたしと同《おな》い年《どし》の桐ヶ谷優音君《きりがやゆうとくん》に、わたしはリクがこの家《いえ》にやってきたいきさつを説明《せつめい》した。

「警察《けいさつ》に連絡《れんらく》したほうがいいんじゃない？」

ユウト君《くん》が言《い》うと、リクがあわてて止《と》めた。

「親《おや》に心配《しんぱい》かけたくないから、やめてください。お願《ねが》いします！」

リクの必死《ひっし》な様子《ようす》に、わたしとユウト君《くん》は顔《かお》を見合《みあ》わせた。

「じゃあ、早《はや》くお家《うち》に帰《かえ》ったほうが……。送《おく》ってあげるから。」

けれど、リクはわたしたちが持《も》ち帰《かえ》った買《か》い物袋《ものぶくろ》を見《み》て言《い》った。

「ぼく、おなかすいた。」

「じゃあ、夕《ゆう》ごはんを食《た》べながら、くわしく話《はなし》をきこうか。」

ユウト君《くん》の提案《ていあん》に、わたしも賛成《さんせい》する。

「きょうは『星《ほし》カフェ』の日《ひ》だもんね。」

すると、すかさずルルが、

「まずは、お家《うち》の人《ひと》に連絡《れんらく》して、OK《オーケー》をもらったらね。」

とリクに告《つ》げる。

「はーい。」

リクは元気《げんき》よく返事《へんじ》をすると、リュックからスマホを取《と》り出《だ》し、画面《がめん》を操作《そうさ》しはじめた。

「あ、いいって返事《へんじ》が来《き》ました。」

「よかった。それじゃ、改《あらた》めて『星《ほし》カフェ』へようこそ！」

「『星《ほし》カフェ』？」

「うん。ここはね――。」

『星《ほし》カフェ』とは、家《うち》のバルコニーで、みんなで食事《しょくじ》をする会《かい》のこと。お母《かあ》さんが亡《な》くなり、お父《とう》さんは仕事《しごと》でいそがしくて、夕《ゆう》ごはんはいつもわたしとルルだけ。

でも、家《いえ》でひとりで食事《しょくじ》をしている人《ひと》って意外《いがい》に多《おお》くて、ユウト君《くん》もそのひとり。そういう人《ひと》たちを家《いえ》によんで、いっしょに食事《しょくじ》を作《つく》って食《た》べようと始《はじ》めた。

いろんな子《こ》が来《き》ているけど、参加《さんか》は自由《じゆう》。ユウト君《くん》もときどき参加《さんか》してくれている。

「ユウト君《くん》は、ピアノが上手《じょうず》なんだよ。」

わたしは、リクにユウト君《くん》を紹介《しょうかい》する。

「わあ、何《なに》か弾《ひ》いて！」

リクは、ユウト君《くん》が奏《かな》でる曲《きょく》を、心地《ここち》よさそうに目《め》を閉《と》じて聴《き》き入《い》っていた。

「きょうは、『キノコパスタとコブサラダとスープ』です！」

ルルがメニューを発表《はっぴょう》する。

わたしはリクといっしょにレタスをちぎって、コブサラダの準備《じゅんび》をした。

バルコニーに置《お》いたテーブルにクロスをしいて、キャンドルを灯《とも》す。

完成《かんせい》した料理《りょうり》をならべたら、『星《ほし》カフェ』の始《はじ》まり！

「う〜ん、外《そと》で食《た》べるのって楽《たの》しい！」

リクは、ものすごいいきおいで今夜《こんや》のメインメニューのパスタをほおばる。

「もう一度《いちど》きくけど……リク君《くん》はだれに追《お》いかけられていたの？」

そうたずねると、思《おも》いもよらない答《こた》えが返《かえ》ってきた。

「すみません、あれ、うそでした〜！」

「うそって、どういうこと!?」

ルルが、リクにつかみかからんばかりにつめよる。

「あたしたちは、あんたが『助《たす》けて。』って言《い》うから、こうして助《たす》けたのに。」

するど、リクはとっさにわたしのうしろにかくれる。わたしは、背後《はいご》にいるリクに向《む》かって言《い》った。

「とにかく、きょうは食《た》べ終《お》わったらすぐ、お家《うち》に帰《かえ》ろう？」

「べつに、家《いえ》に帰《かえ》っても、つまんないし。」

リクはそっぽを向《む》いた。

「よし、みんなでリク君《くん》を家《いえ》まで送《おく》ってあげよう。」

ユウト君《くん》が声《こえ》をかけたけど、リクはあわてて首《くび》を横《よこ》にふる。

「ううん、だいじょうぶだから。」

「でも……追《お》いかけられているのがうそだったとしても、もう夜《よる》だし、ひとりで歩《ある》くのはあぶないよ。」

わたしもゆずらず、けっきょく三人《にん》でリクといっしょに外《そと》へ出《で》た。

リクは、『あっちだったかな。』『いや、こっちだったかな。』などと言《い》いながら、ぐるぐると同《おな》じ場所《ばしょ》を回《まわ》っていたかと思《おも》うと、とつぜんかけ出《だ》した。

「あ、待《ま》って！」

けれど、公園《こうえん》の角《かど》を曲《ま》がったときには、すでにリクの姿《すがた》は見《み》えなくなっていた。

「あれ……どこ行《い》っちゃったんだろう？　ちゃんと帰《かえ》れるかなあ。」

わたしが心配《しんぱい》して言《い》うと、ルルがまたもプンプンしながら言《い》った。

「いいのよ、あんなやつ。放《ほう》っておこう。」


一週間後《しゅうかんご》——。ユウト君《くん》からLINE《ライン》のメッセージがとどいた。

『リク君《くん》によく似《に》た男《おとこ》の子《こ》を学校《がっこう》で見《み》かけた！　あの髪型《かみがた》、まちがいない。』

ええ⁉　じゃあ、リクが通《かよ》っているのはユウト君《くん》の中学校《ちゅうがっこう》と同《おな》じ系列《けいれつ》の、付属小学校《ふぞくしょうがっこう》ってこと……？

『声《こえ》をかけようと思《おも》ったんだけど、校門《こうもん》の前《まえ》に超高級車《ちょうこうきゅうしゃ》が停《と》まっていて、それに乗《の》っていっちゃったんだ。』

「リク君《くん》って、ひょっとして、ものすごい家《いえ》のお坊《ぼっ》ちゃまだったりして！」

わたしとルルは、『星《ほし》カフェ』の準備《じゅんび》をしながら話《はな》し合《あ》う。

そのとき――。

ピンポーン――。玄関《げんかん》のインターホンが鳴《な》った。

ドアを開《ひら》くと、リクが立《た》っていた。

「ここが気《き》に入《い》ったので、また来《き》ました。おじゃましまーす。ここで料理《りょうり》を作《つく》るの、おもしろそうだなと思《おも》って。」

「『星《ほし》カフェ』に参加《さんか》したいってこと？」

わたしがたずねると、リクはコクリとうなずいた。

「お家《うち》の人《ひと》の許可《きょか》はもらってきた？　あと、食費《しょくひ》として一食《しょく》三百円《えん》をもらっているんだけど……。」

すると、リクはスマホを取《と》り出《だ》し、文字《もじ》を打《う》ちはじめた。

「お母《かあ》さんには連絡《れんらく》したよ。お金《かね》も持《も》ってる。」

リクの返事《へんじ》を聞《き》いて、改《あらた》めてわたしとルルは声《こえ》を合《あ》わせて言《い》った。

「ようこそ、『星《ほし》カフェ』へ！」

リクが、うれしそうに笑《え》みをうかべる。

「きょうのメニューは？」

「本日《ほんじつ》は、『ふんわり卵《たまご》のオムライスと、野菜《やさい》たっぷりポテトサラダ』です！」

「じゃあ、いっしょに作《つく》ろう！　リク君《くん》は、卵《たまご》をわってくれる？」

わたしが手本《てほん》を見《み》せると、リクはボウルのふちに卵《たまご》をぶつける。

「あ……。」

力《ちから》が強《つよ》すぎたのか、卵《たまご》がつぶれてしまい、殻《から》ごとボウルの中《なか》に入《はい》ってしまった。

「ごめんなさい……。」

「平気《へいき》、平気《へいき》。殻《から》は取《と》りのぞけばいいんだから。」

「もう一回《かい》、やってみてもいい？」

「もちろん、いいよ。お願《ねが》い。」

わたしは、リクが料理《りょうり》に興味《きょうみ》を持《も》ってくれたことがうれしくて、まかせてみることにした。

でも、何度《なんど》やってもうまくいかず殻《から》が入《はい》ったり黄身《きみ》がくずれてしまったりした。いよいよ最後《さいご》の一個《こ》――。

リクは、大《おお》きく息《いき》をすってゆっくり卵《たまご》をわった。

「やった！　うまくできた！」

リクは満面《まんめん》の笑《え》みをうかべる。

「すごい！　やったね、リク君《くん》。じゃあ、次《つぎ》はこの卵《たまご》をかきまぜて。」

「ええ〜、せっかくきれいにわれたのに、もったいない……。」

「そんなこと言《い》ってたら、オムライスはできないよ。」

リクは、名《な》ごりおしそうに卵《たまご》をかきまぜはじめる。

「ねえ、もっとやることないの？　ぼく、ほかのこともやってみたい！」

「じゃあ、スライサーでこのキュウリをスライスしてくれる？」

ポテトサラダ担当《たんとう》のルルが、リクにお手伝《てつだ》いをたのんできた。

「やる！」

「こうやって、この刃《は》に向《む》かってキュウリを立《た》ててスライドさせるんだよ。」

こんどはルルがお手本《てほん》を見《み》せる。

「わあ〜。どんどんうす切《ぎ》りができるよ！　こんなにかんたんにできるんだ。」

リクにとってはひとつひとつの作業《さぎょう》が新鮮《しんせん》なようで、夢中《むちゅう》になって楽《たの》しんでいる。

「そうそう、上手《じょうず》だよ、リク君《くん》。」

わたしがほめると、リクははずかしそうにうつむいた。

「料理《りょうり》って、おもしろいんだね！」

こうしていっしょに料理《りょうり》を作《つく》っていたら、ユウト君《くん》が家《いえ》にやってきた。

ユウト君《くん》は、リクを見《み》るなり声《こえ》をかけた。

「きょう、学校《がっこう》で見《み》かけた気《き》がするんだけど、リク君《くん》って私立大学《しりつだいがく》の付属小学校《ふぞくしょうがっこう》に通《かよ》ってる？　すごい車《くるま》が迎《むか》えに来《き》てたよね？」

「それは、人《ひと》ちがいじゃないかなあ？」

リクは首《くび》をかしげながら言《い》うと、ピアノの前《まえ》に立《た》ってユウト君《くん》を見《み》た。

「それよりぼく、ユウトさんのピアノが聴《き》きたい！」

ユウト君《くん》が弾《ひ》きはじめると、初《はじ》めは耳《みみ》をすましていたリクが、曲《きょく》に合《あ》わせて高《たか》いキーのけんばんをたたきはじめた。

「おっ！　リク君《くん》もピアノ弾《ひ》けるんだね。うまいじゃん。」

ユウト君《くん》の言葉《ことば》に、リクはうれしそうに表情《ひょうじょう》をゆるめた。

何《なに》か、またリクにはぐらかされた気《き》がするけど……。


テーブルの上《うえ》には、『ふんわり卵《たまご》のオムライスと、野菜《やさい》たっぷりポテトサラダ』。

きょうも『星《ほし》カフェ』が始《はじ》まった。

「この卵《たまご》、ぼくがかきまぜたんだよ！」

「このキュウリ、ぼくがスライスしたんだ。」

リクがユウト君《くん》に得意《とくい》そうに説明《せつめい》する。

「うん、リクが作《つく》った料理《りょうり》、おいしいよ！」

わたしたちも笑顔《えがお》で答《こた》える。

「あとかたづけも、ちゃんとやろうな。」

ユウト君《くん》が言《い》うと、リクは少《すこ》し表情《ひょうじょう》をくもらせた。

「かたづけかあ……。めんどうくさいな。」

「みんなでやれば、あっという間《ま》だよ！　かたづけまでが『星《ほし》カフェ』だからね。」

わたしが言《い》うと、リクは『はーい。』と小《ちい》さく返事《へんじ》した。

実際《じっさい》にかたづけが始《はじ》まると、リクは進《すす》んで食器《しょっき》を運《はこ》んだり、あらったお皿《さら》をふいたりしてくれた。

あとかたづけさえ、リクにとっては新鮮《しんせん》なのかもしれない。

この日《ひ》、リクは終始《しゅうし》ごきげんだった。また『星《ほし》カフェ』に来《き》たいというので、わたしたちはリクと連絡先《れんらくさき》を交換《こうかん》した。

「じゃあ、そろそろ帰《かえ》ろうかな。あ、ついてこないでね。」

あとかたづけが終《お》わると、リクはピューッと風《かぜ》のように出《で》ていってしまった。

残《のこ》されたわたしとルルとユウト君《くん》は、たがいに目《め》を合《あ》わせ、うなずいた。

——あとをつけよう！

わたしたちは、大急《おおいそ》ぎで非常階段《ひじょうかいだん》をかけおりた。

よかった。リクはまだマンションの前《まえ》の道《みち》を歩《ある》きはじめたところだ。

気《き》づかれないように、電柱《でんちゅう》や木《き》のかげにかくれながらあとを追《お》った。

リクは、初《はじ》めはだれかついてきていないかとうしろをふりかえっていたけれど、だれもいないのを確認《かくにん》すると、まっすぐ前《まえ》を向《む》いて歩《ある》き続《つづ》けた。

すると、とある豪邸《ごうてい》の前《まえ》でリクが立《た》ち止《ど》まる。立派《りっぱ》な鉄《てつ》の門《もん》があり、つたのからまる白《しろ》い塀《へい》にかこまれた三階建《がいだ》ての大《おお》きな洋館《ようかん》――。

「ええっ!!」

思《おも》わずルルの声《こえ》がもれそうになって、わたしはあわててルルの口《くち》を手《て》でふさいだ。

わたしたちは、門《もん》のとなりに停《と》まっていた車《くるま》のかげにかくれて、息《いき》をひそめる。

リクって、ほんとうにお坊《ぼっ》ちゃまだったんだ――!!

リクがチャイムを鳴《な》らし、しばらくすると、中《なか》から二十代《だい》くらいのお姉《ねえ》さんが出《で》てきた。

「リク君《くん》、お帰《かえ》りなさい。塾《じゅく》はどうだった？」

「塾《じゅく》!?」

こんどはわたしの声《こえ》が出《で》そうになって、ルルに口《くち》をふさがれる。

「よくがんばったね。つかれたでしょう。おやつに紅茶《こうちゃ》とクッキーを用意《ようい》しておいたわよ。」

そう言《い》ってお姉《ねえ》さんはリクを招《まね》き入《い》れると門《もん》を閉《し》めた。

ほんとうに、リクっていったい何者《なにもの》……？

2 リクの秘密《ひみつ》

「つまり、リク君《くん》は、すごい豪邸《ごうてい》に住《す》むお坊《ぼっ》ちゃまで、ユウト君《くん》と同《おな》じ私立大学《しりつだいがく》の付属小《ふぞくしょう》学校《がっこう》に通《かよ》っている。

でもなぜか『星《ほし》カフェ』が気《き》に入《い》って、家《いえ》の人《ひと》には塾《じゅく》に行《い》くとうそをついて来《き》ている
――ってことで合《あ》ってる？」

わたしは、リクについての情報《じょうほう》を整理《せいり》しながら、ルルに確認《かくにん》する。

「そういうことになるね。ほんとうに、わけわかんない子《こ》だよね。」

ルルはあきれたように答《こた》える。

どうすればいいんだろう？

家《いえ》の人《ひと》にうそをついて『星《ほし》カフェ』に来《く》るのはよくないことだけど、わざわざ来《き》たがる

のには何《なに》か理由《りゆう》があるんじゃないのかな？

そして一週間後《しゅうかんご》――。

「おじゃましまーす。」

次《つぎ》の『星《ほし》カフェ』にも、リクがやってきた。

「ねえ、あんた、ほんとうにちゃんとお家《うち》の人《ひと》から許可《きょか》もらっているんでしょうね？」

ルルがギロリとリクをにらむ。

「いつもこわいなあ、ルルさんは。ちゃんともらってるよ。」

リクはケロッとして答《こた》える。けれど、ルルは重《かさ》ねて問《と》いかける。

「お家《うち》の人《ひと》にうそをついて、来《き》ているんじゃないでしょうね？」

「ああ、そうかもしれないし、そうじゃないかもしれないなー。」

なかなかほんとうのことを言《い》おうとしないリクの様子《ようす》に、ついにルルの怒《いか》りが爆発《ばくはつ》した。

「いいかげんにしてよ！ 見《み》たんだから、あんたが大豪邸《だいごうてい》に入《はい》っていくところ。あたしたちにほんとうのことを話《はな》せないなら、もう『星《ほし》カフェ』には来《こ》ないで！」

「……わかったよ。もう来《こ》ない。」

そう言《い》うと、リクは食事《しょくじ》もせずに出《で》ていってしまった。

バタンと閉《し》められた玄関《げんかん》のドアを見《み》ながら、ルルが申《もう》し訳《わけ》なさそうに言《い》う。

「ちょっと言《い》いすぎちゃった。ここでは、『星《ほし》カフェ』でだけは、うそをつかなくていいのに。あたしたちにはなんでも話《はな》してほしかっただけなのに……。」


それから数週間《すうしゅうかん》、リクが『星《ほし》カフェ』に来《く》ることはなかった。

今《いま》ごろ、どうしているんだろう。塾《じゅく》にはちゃんと行《い》っているんだろうか……。

「学校《がっこう》で、様子《ようす》を見《み》てくるよ。」

リクと同《おな》じ敷地内《しきちない》の学校《がっこう》に通《かよ》うユウト君《くん》が申《もう》し出《で》てくれた。

きょうはその報告会《ほうこくかい》としての『星《ほし》カフェ』。

メニューは、その名《な》も『貧乏人《びんぼうにん》のパスタ』。れっきとしたイタリア料理《りょうり》の名前《なまえ》だ。卵《たまご》とチーズとニンニクだけで作《つく》れるからかんたんだし、おいしい。

「リク君《くん》みたいなお坊《ぼっ》ちゃまは、食《た》べたことがなさそうな名前《なまえ》の料理《りょうり》だね。」

ユウト君《くん》がじょうだんっぽく言《い》う。そういえば、初《はじ》めてリクが『星《ほし》カフェ』に参加《さんか》した日《ひ》もパスタ料理《りょうり》だったな……。

「小学生《しょうがくせい》の下校時間《げこうじかん》に、正門《せいもん》の近《ちか》くでリク君《くん》をさがしていたら……。」

ユウト君《くん》が話《はな》しはじめる。

「リク君《くん》、友《とも》だちと楽《たの》しそうにおしゃべりしながらやってきたんだけど、正門《せいもん》の前《まえ》におむかえの車《くるま》が来《き》ていて……。ほかの子《こ》たちが校庭《こうてい》でサッカーを始《はじ》めたのを、うらやましそうに見《み》ながら車《くるま》に乗《の》ったよ。」

ユウト君《くん》からリクの様子《ようす》を聞《き》いてからも、わたしはリクのことが気《き》になってしかたなかった。

数日後《すうじつご》の放課後《ほうかご》、家《いえ》に帰《かえ》るとちゅう、ユウト君《くん》からLINE《ライン》のメッセージが来《き》た。

『リク君《くん》を見《み》つけた！　駅《えき》の近《ちか》くのショッピングセンターに来《き》て！』

わたしは方向転換《ほうこうてんかん》して、急《いそ》いでショッピングセンターに向《む》かう。ユウト君《くん》が正面出入《しょうめんでい》り口《ぐち》で手《て》をふっている。

「リク君《くん》は？」

「ほら、あそこ。」

気《き》づかれないように、そっとあとをつけると、リクはエスカレーターで上《うえ》の階《かい》へと向《む》かう。

人《ひと》かげにかくれながら、見失《みうしな》わないようにリクを追《お》いかける。

いったい、どこへ向《む》かっているの――？

リクは最上階《さいじょうかい》の奥《おく》のほうへと進《すす》んでいく。

そこは、クレーンゲームやコインゲームなど、いろいろなゲーム機《き》がならんでいるゲームコーナー。フロアのすみにあるからか、うす暗《ぐら》くて人《ひと》があまりいない。ゲーム機《き》の派手《はで》なネオンが、チカチカとさびしく点滅《てんめつ》する。

飲《の》み物《もの》の自動販売機《じどうはんばいき》のかげから、にょきにょきと二つの頭《あたま》を出《だ》して、わたしとユウト君《くん》は、そっと様子《ようす》をうかがう。

「学校《がっこう》では、子《こ》どもだけでゲームコーナーに行《い》くことは禁止《きんし》されているのに……。」

ユウト君《くん》が続《つづ》ける。

「だから、わざわざ学校《がっこう》からはなれている地元《じもと》のショッピングセンターに来《き》たのかな。」

きょうは金曜日《きんようび》。塾《じゅく》だとうそをついて『星《ほし》カフェ』にやってきていたのも金曜日《きんようび》だったから、また塾《じゅく》をサボっているのかもしれない。

思《おも》い切《き》って声《こえ》をかけようとしたところで、ゲーム機《き》のうしろから三人《にん》の中学生《ちゅうがくせい》らしき男《おとこ》の子《こ》たちが現《あらわ》れて、リクの前《まえ》に立《た》ちはだかった。

「おう、持《も》ってきたか？」

ひとりの男《おとこ》の子《こ》が、ポケットに手《て》をつっこんだまま、リクを見下《みお》ろして言《い》った。

「は、はい……これ……。」

リクは茶色《ちゃいろ》い封筒《ふうとう》のようなものをさしだす。もうひとりの男《おとこ》の子《こ》がそれを取《と》り上《あ》げ、中《なか》身《み》を確認《かくにん》する。

「少《すく》ないじゃねーかよ。」

「すみません、今回《こんかい》はこれしか……。」

「はあ？」

男《おとこ》の子《こ》はこわい顔《かお》ですごむと、リクの肩《かた》をおした。その衝撃《しょうげき》で、リクはしりもちをつく。

——あっ、リク君《くん》!!

わたしはとっさに、すぐうしろに立《た》っているユウト君《くん》を見上《みあ》げた。

ユウト君《くん》は、ちゅうちょすることなく男《おとこ》の子《こ》たちの前《まえ》に出《で》ていった。

「何《なに》しているんだ？」

ユウト君《くん》の声《こえ》に一瞬《いっしゅん》ビクッとしたものの、相手《あいて》がひとりだとわかると、男《おとこ》の子《こ》たちはすぐにするどい目《め》つきになって言《い》った。

「うるせえな、だれだ、おまえ。」

すると、ユウト君《くん》はスマホを耳《みみ》に当《あ》てて話《はな》しはじめた。

「もしもし、警察《けいさつ》の方《かた》ですか？　今《いま》、ショッピングセンターのゲームコーナーで……。」

「ヤベ！」

リクをかこんでいた三人《にん》の男《おとこ》の子《こ》たちは封筒《ふうとう》を放《ほう》り投《な》げて、一目散《いちもくさん》に逃《に》げていってしまった。

「だいじょうぶ？　リク君《くん》！」

わたしは、しりもちをついているリクのもとにかけよった。

けれど、リクは落《お》ち着《つ》かない様子《ようす》で、

「ユウトさん、警察《けいさつ》に連絡《れんらく》したの？　警察《けいさつ》の人《ひと》、来《く》るの？」

と、あせった口調《くちょう》でたずねる。

「いや、電話《でんわ》がつながっているフリをしただけだよ。」

そうだったんだ……。ユウト君《くん》の機転《きてん》の良《よ》さと演技力《えんぎりょく》には、ほんとうに感心《かんしん》する。

一方《いっぽう》、リクは、

「ああ、よかった。」

と、ほっとした表情《ひょうじょう》を見《み》せる。

よかった？　リクは何《なに》を心配《しんぱい》しているんだろう……。

「それより、こんな大金《たいきん》、どうしたの？」

封筒《ふうとう》をひろい上《あ》げたユウト君《くん》は、中《なか》に入《はい》っていたお札《さつ》の枚数《まいすう》におどろいた。

リクは、だまったままうつむいている。

おどされてお金《かね》をわたしている現場《げんば》を見《み》た以上《いじょう》、このままにはできないよ。

ショッピングセンターの人《ひと》にも、言《い》ったほうがいいんじゃないかな。

「とにかく、このことは警察《けいさつ》に言《い》わないと！」

わたしが思《おも》わず歩《ある》きだすと、リクがわたしの手《て》をつかみ、必死《ひっし》に止《と》める。

「ダメ！　言《い》わないで！　お願《ねが》いだから！」

「でも……。」

ためらっていると、わたしの手《て》をつかむリクの手《て》にグッと力《ちから》が入《はい》る。

「ちゃんとほんとうのことを話《はな》すから。」

目《め》に涙《なみだ》をうかべているリクを見《み》て、わたしたちはまずリクの話《はなし》を聞《き》くことにした。

ゲームコーナーの横《よこ》の休《きゅう》けいスペースに設置《せっち》されたベンチに、三人《にん》ですわる。

「ぼくの家《いえ》、見《み》たんでしょ？」

「う、うん……気《き》になっちゃって。すごいお家《うち》だね。」

リクは首《くび》を横《よこ》にふった。

「ぜんぜんすごくないよ。あんなに広《ひろ》くたって、家《いえ》には話《はな》し相手《あいて》がほとんどいないんだ。おじいちゃんとお父《とう》さんは仕事《しごと》でいそがしいし、お母《かあ》さんは毎日《まいにち》オシャレして出《で》かけて

る し……。いるのは、おじいちゃんの秘書《ひしょ》の人《ひと》とかお手伝《てつだ》いさんだけ。」

お手伝《てつだ》いさん……。やっぱり、リクの家《いえ》はすごいんだな。

リクは、足《あし》をブラブラとゆらしながら、ゆっくりと話《はな》す。

「おじいちゃんは、すごくえらい政治《せいじ》家《か》なんだって。

亡《な》くなったおばあちゃんからも、お母《かあ》さんからも、いつも『おじいちゃんの孫《まご》として、だれに対《たい》しても礼儀《れいぎ》正《ただ》しく、ちゃんとしてなさい。』って言《い》われて……。

毎日《まいにち》、ピアノとか、いろんな習《なら》いごとや塾《じゅく》に行《い》かされるんだ。」

話《はなし》を聞《き》いていると、わたしまで悲《かな》しい気持《きも》ちになってくる。

このあいだ、ユウト君《くん》が話《はな》してくれたことを思《おも》い出《だ》す。放課後《ほうかご》、友《とも》だちが校庭《こうてい》でサッカーをしているのをうらやましそうにながめながら、おむかえの車《くるま》に乗《の》りこんでいたというリク。

きっと、リクも友《とも》だちといっしょに遊《あそ》びたいはず。

「ぼく、どこにも居場所《いばしょ》がないんだ。」

リクが、今《いま》までおさえこんでいた気持《きも》ちをポツリ、ポツリと話《はな》しはじめた。

「塾《じゅく》なんか行《い》きたくない。だって、塾《じゅく》では落《お》ちこぼれだし、塾《じゅく》の先生《せんせい》にはおこられるし、友《とも》だちもいないんだ。習《なら》いごとも同《おな》じ。だから、ときどきサボってたんだ。でも――。」

塾《じゅく》や習《なら》いごとには放課後《ほうかご》、学校《がっこう》から地元《じもと》の塾《じゅく》や教室《きょうしつ》まで車《くるま》で送《おく》ってもらうのだそうだ。

サボるときは、車《くるま》をおりてしばらくしてから、ショッピングセンターのゲームコーナーや、ファストフード店《てん》で過《す》ごしていた。

けれど、あるとき、運悪《うんわる》くまだ近《ちか》くにいた運転手《うんてんしゅ》に見《み》つかってしまい、追《お》いかけられたことがあったらしい。

「それで逃《に》げていたら、ちょうどココさんとルルさんを見《み》かけて、助《たす》けてもらったんだ。

ね？　追《お》いかけられていたっていうのは、うそじゃないでしょ？」

「そうだけど……。あのとき、正直《しょうじき》に話《はな》してくれればよかったのに。」

「ほんとうのことを言《い》ったら、ココさんだって『塾《じゅく》に行《い》ったほうがいい。』って言《い》うでしょ？」

わたしは言葉《ことば》につまる。たしかに、そう言《い》ったかもしれない――。

「だから、塾《じゅく》や習《なら》いごとをサボってること、知《し》られたくなかったんだ。だって、すごく気《き》に入《い》ったんだもん、『星《ほし》カフェ』が。」

リクがいつもあいまいな返事《へんじ》をして、ほんとうのことを言《い》わないのが気《き》になっていたけど、そういう事情《じじょう》があったんだ……。

「でも、『星《ほし》カフェ』にも行《い》けなくなって、行《い》き場《ば》がなくなっちゃって。それで、またゲームコーナーに行《い》くようになった。あそこ、いつも人《ひと》がいないからちょうどよかったんだけど、あるとき、あの中学生《ちゅうがくせい》たちにからまれて、それから……。」

リクは先《さき》ほどのことを思《おも》い出《だ》したのか、おびえたように肩《かた》をすくめる。

『星《ほし》カフェ』に来《こ》なくなったあいだに、リクがそんな目《め》にあっていたなんて……！

『星《ほし》カフェ』に来《き》ていたときのリクの様子《ようす》が思《おも》いうかぶ。

おいしそうに料理《りょうり》をほおばるリクの笑顔《えがお》。ユウト君《くん》と楽《たの》しそうにピアノを弾《ひ》く姿《すがた》……。

『星《ほし》カフェ』が、リクの居場所《いばしょ》になっていたのだとしたら――。

わたしは、もう一度《いちど》『星《ほし》カフェ』にさそってみることにした。

「リク君《くん》、それなら……。」

「また、ここに来《き》ていたのね。」

わたしの声《こえ》に、べつの女《おんな》の人《ひと》の声《こえ》が重《かさ》なる。

「あ、沙也加《さやか》お姉《ねえ》ちゃん。」

リクが見上《みあ》げたほうを見《み》ると、そこには二十代《だい》くらいのスラリとした女《おんな》の人《ひと》が立《た》っていた。

――あ！　この人《ひと》は……!!

ゲームコーナーに現《あらわ》れたのは、あの

豪邸《ごうてい》でリクを出《で》むかえていた女《おんな》の人《ひと》だった。

「塾《じゅく》から電話《でんわ》があったわよ。『リク君《くん》が来《き》ていない。』って。」

「ごめんなさい……。」

しょんぼりするリクの頭《あたま》を、沙也加《さやか》さんはやさしくなでた。

「お母様《かあさま》には、ないしょにしておいてあげるから。」

リクと親《した》しそうに話《はな》している様子《ようす》から、お手伝《てつだ》いさんではなさそうだけど、実《じつ》のお姉《ねえ》さんという感《かん》じもしない。この人《ひと》は、リクとどういう関係《かんけい》なんだろう……？

わたしは思《おも》い切《き》って声《こえ》をかけた。

「あ、あの……。」

わたしは沙也加《さやか》さんに、リクが中学生《ちゅうがくせい》からおどされてお金《かね》をわたそうとしていたことを伝《つた》えた。

すると、沙也加《さやか》さんはほほえみながら言《い》った。

「まあ、あなたたちがリク君《くん》を助《たす》けてくれたのね。ありがとう。あとは、わたしのほうでなんとかするから、だいじょうぶよ。さ、リク君《くん》、帰《かえ》ろう。」

そのまま去《さ》ろうとする沙也加《さやか》さんに向《む》かって、こんどはユウト君《くん》が声《こえ》をかけた。

「あなたは、リク君《くん》のお姉《ねえ》さんですか？」

「ううん。わたしはリク君《くん》のいとこなの。リク君《くん》のお世話係《せわがかり》が病気《びょうき》になっちゃったから、今《いま》、その代《か》わりをしているの。」

「そうですか。あの、これ、取《と》り返《かえ》したお金《かね》なので、お返《かえ》しします。」

ユウト君《くん》はそう言《い》うと、お金《かね》が入《はい》った封筒《ふうとう》をわたしてペコリと頭《あたま》を下《さ》げた。

3 脱《だっ》出《しゅつ》大《だい》作《さく》戦《せん》

「ねえ、またリク君《くん》を『星《ほし》カフェ』にさそってあげない？　週末《しゅうまつ》に開催《かいさい》すれば、塾《じゅく》もサボらなくてすむでしょ？」

ショッピングセンターからの帰《かえ》り道《みち》、わたしはユウト君《くん》に提案《ていあん》した。

「そうだね。このままじゃ、心配《しんぱい》だね。」

「じゃあ、わたし、ルルにも話《はな》して、リク君《くん》に連絡《れんらく》してみる！」

ショッピングセンターでの出来事《できごと》を話《はな》すと、ルルはすぐにリクの『星《ほし》カフェ』参加《さんか》に賛《さん》成《せい》してくれた。

なんだ、ルルもなんだかんだ言《い》って、リクのことを心配《しんぱい》しているんだな。

けれど、かんじんのリクと連絡《れんらく》が取《と》れなくなってしまった。

初《はじ》めは、『習《なら》いごとがあるから』とか『塾《じゅく》の補習《ほしゅう》があるから』などと理由《りゆう》をつけてことわってきたのだけれど、最近《さいきん》は返信《へんしん》すらなくなってしまった。

「リク君《くん》、どうしたんだろう……。」

わたしの心配《しんぱい》が的中《てきちゅう》したのは、ユウト君《くん》からのＬＩＮＥ《ライン》をもらったときだった。

『今《いま》、話《はな》せる？』

すぐに電話《でんわ》をすると、ユウト君《くん》は外《そと》にいるようだった。

「さっき、駅《えき》の近《ちか》くでリク君《くん》を見《み》かけたんだけど、前《まえ》より元気《げんき》がなさそうでさ。気《き》になって、またあとをつけたんだよ。そうしたら……。」

わたしは、電話《でんわ》を切《き》るとまっすぐショッピングセンターへ向《む》かった。

どうして？　なんで、またひとりであの場所《ばしょ》に行《い》くの？

どうか、何《なに》ごともありませんように――。

はやる気持《きも》ちをおさえてゲームコーナーへ行《い》くと、いちばん奥《おく》のすみっこにリクがうずくまっていた。

「リク君《くん》……!!」

べつの方向《ほうこう》からユウト君《くん》もかけよってくる。

そんなわたしたちをリクが見上《みあ》げる。リクは一瞬《いっしゅん》おどろいた表情《ひょうじょう》を見《み》せたけれど、すぐにわたしとユウト君《くん》の手《て》を引《ひ》いた。

「早《はや》く逃《に》げよう！」

「待《ま》って！　逃《に》げるって、いったいどうしたの？」

とつぜん走《はし》りだしたリクに引《ひ》きずられるように非常口《ひじょうぐち》からぬけだし、ユウト君《くん》とわたしも非常階段《ひじょうかいだん》のおどり場《ば》で息《いき》をひそめる。

「どうして、またここに来《き》たの？　あの中学生《ちゅうがくせい》たちに……。」

「シーーッ！」

リクはくちびるに人《ひと》さし指《ゆび》を当《あ》てて、わたしの言葉《ことば》をさえぎる。

するとそのとき、リクのスマホがブルブルとふるえた。

『どこにいるんだ？』

『早《はや》く金《かね》よこせよ』

『逃《に》げられると思《おも》うなよ』

――画面《がめん》には、そんなメッセージが次々《つぎつぎ》と表示《ひょうじ》される。

「やっぱり……。」

リクはまたお金《かね》を取《と》られているんだ――。

そう思《おも》ったとたん、こんどはわたしがリクの手《て》を引《ひ》いて走《はし》りだしていた。

一つ下《した》の階《かい》までおりたとき、上《うえ》のほうでドアの開《ひら》く音《おと》がした。

「あいつ、ここから逃《に》げたんじゃね？」

男《おとこ》の子《こ》の声《こえ》と、二、三人《にん》がドカドカと階段《かいだん》をかけおりてくる足音《あしおと》が聞《き》こえる。

「急《いそ》ごう！」

ユウト君《くん》の声《こえ》で、わたしたちはふたたび階段《かいだん》をおりはじめる。

けれど――。

「いたっ！」

リクとつないだ手《て》に急《きゅう》に重《おも》みを感《かん》じてふりかえると、リクがひざをついていた。

「だいじょうぶ？」

「ちょっと、足《あし》がもつれただけ。」

「ごめんね、無理《むり》させちゃった……。」

そう言《い》っているあいだにも、足音《あしおと》はどんどん近《ちか》づいてくる。このままじゃ、見《み》つかっちゃう――！

「とにかく、中《なか》にもどろう！」

ユウト君《くん》がリクをかかえて、非常口《ひじょうぐち》からふたたびショッピングフロアに入《はい》る。

そして、すぐ近《ちか》くにあった書店《しょてん》にすべりこみ、雑誌《ざっし》を読《よ》むフリをして顔《かお》をかくした。

追《お》ってきたひとりの男《おとこ》の子《こ》が、あたりをキョロキョロしながら通《とお》りすぎるのを、雑誌《ざっし》ごしに確認《かくにん》する。すぐとなりでは、リクとユウト君《くん》も同《おな》じように本《ほん》を広《ひろ》げている。

「なんとか、やりすごせた……。」

わたしはホッとしてつぶやく。

「いや、今《いま》、ひとりしかいなかったから、あいつら、きっと手《て》わけしてさがしているにちがいない。」

ユウト君《くん》があたりに目《め》を光《ひか》らせながら、冷静《れいせい》に言《い》う。

「とにかく、どこであいつらに出《で》くわすかわからないから、お客《きゃく》さんにまぎれながら慎重《しんちょう》に出入り口《でいりぐち》に向《む》かおう。」

ユウト君《くん》のリードで、男《おとこ》の子《こ》たちがいないか注意深《ちゅういぶか》くうかがいながら、ショップの商品《しょうひん》棚《だな》を少《すこ》しずつ移動《いどう》する。

平日《へいじつ》の四時《じ》すぎ——。

友《とも》だちとジュースを飲《の》みながらおしゃべりを楽《たの》しむ学校帰《がっこうがえ》りの学生《がくせい》たちや、夕《ゆう》ごはんの買《か》い物《もの》に来《き》たらしい親子《おやこ》づれ、家電製品《かでんせいひん》を熱心《ねっしん》に見《み》ているお年《とし》よりなど、みんなそれぞれの目的《もくてき》を持《も》って過《す》ごしている。

そんななかで、商品《しょうひん》を見《み》ることもなく、逃亡犯《とうぼうはん》のように身《み》をかくしながらちょこちょこと移動《いどう》するわたしたちは、明《あき》らかに異様《いよう》にちがいない。

今《いま》、わたしたちがいるショッピングセンターの中央《ちゅうおう》はふきぬけになっていて、それを取《と》りかこむように円形《えんけい》にショップがならんでいる。

すると、ふきぬけの向《む》こう側《がわ》で、三人《にん》の男《おとこ》の子《こ》たちが落《お》ち合《あ》っているのが見《み》えた。

おたがいに首《くび》をふっているから、リクが見《み》つからないと報告《ほうこく》し合《あ》っているのだろう。

「ココ、リク君《くん》のこと、たのんだ。」

そう言《い》うと、ユウト君《くん》が歩《ある》きはじめた。

「待《ま》って！　どこに行《い》くの？」

「おれ、ちょっとあいつらのところに……。」

「ダメだよ！　ひとりじゃあぶないよ。」

わたしは、必死《ひっし》でユウト君《くん》を引《ひ》きとめる。

「だいじょうぶ。あいつらの動《うご》きを追《お》うだけだよ。三人《にん》だとかえって目立《めだ》つし、あいつらがどこを移動《いどう》しているか連絡《れんらく》するから、うまく逃《に》げて！」

こんどこそユウト君《くん》はかけだす。わたしは、リクの手《て》を強《つよ》くにぎった。

『今《いま》、おもちゃ売《う》り場《ば》のほうに向《む》かった！』

ユウト君《くん》が、男《おとこ》の子《こ》たちの動《うご》きをＬＩＮＥ《ラ イ ン》で教《おし》えてくれる。

ユウト君《くん》がいっしょにいないのは心細《こころぼそ》いけど、ここはわたしがしっかりしなきゃ！

「よし！　今《いま》なら非常口《ひじょうぐち》に向《む》かってもだいじょうぶそうだから、そこから外《そと》に出《で》よう！」

わたしはふたたびリクの手《て》を引《ひ》いて、ショップをわたり歩《ある》きながら非常口《ひじょうぐち》に向《む》かう。

非常階段《ひじょうかいだん》をおりて一階《かい》に着《つ》くと、ユウト君《くん》からＬＩＮＥ《ライン》が来《く》る。

『あいつら、正面出入《しょうめんでい》り口《ぐち》に行《い》ってる！　東口《ひがしぐち》から逃《に》げて！』

わたしとリクは、案内板《あんないばん》にそって東口《ひがしぐち》に向《む》かい、駐車場《ちゅうしゃじょう》のほうから出《で》ることにした。

これじゃ、まるでわたしたちが犯人《はんにん》みたいだよ……。でも、ユウト君《くん》のおかげで、どうにかショッピングセンターを出《で》ることができた。

表通《おもてどお》りに出《で》て、人《ひと》ごみにまぎれながら、近《ちか》くのコンビニに逃《に》げこむ。人目《ひとめ》があれば、大《おお》っぴらにおどすことはできないだろう。

「ふー、なんとかここまで来《く》ることができた……。」

わたしはほっと胸《むね》をなでおろす。

「リク君《くん》……。もしかして、こうやって毎週《まいしゅう》、あの中学生《ちゅうがくせい》たちにお金《かね》を持《も》ってこさせられていたの？　ＬＩＮＥ《ライン》の返信《へんしん》もなくて、心配《しんぱい》してたんだよ？」

わたしがたずねると、リクのほおがビクッとひきつる。

「だれにも言《い》うなって言《い》われてたんだ。だけど、ココさんたちに連絡《れんらく》したら、話《はな》しちゃいそうで……。」

言《い》い終《お》えたとき、リクのスマホがふるえた。

反射的《はんしゃてき》に、わたしの肩《かた》もビクッとふるえてしまった。まさか、見《み》つかった……？

「沙也加《さやか》お姉《ねえ》ちゃん、助《たす》けて！」

リクに電話《でんわ》をかけてきたのは、リクのいとこでお世話係《せわがかり》をしている沙也加《さやか》さんだった。

リクが居場所《いばしょ》を伝《つた》えると、ほどなくして黒《くろ》ぬりの車《くるま》がやってきた。

「あれ、ぼくの家《いえ》の車《くるま》だよ。よかった〜。助《たす》かった。」

そう言《い》ってコンビニの駐車場《ちゅうしゃじょう》へ出《で》ていくと、そこには沙也加《さやか》さんが立《た》っていた。

「リク君《くん》、おむかえに来《き》たわよ。」

リクを乗《の》せると、車《くるま》は発進《はっしん》し、あとには沙也加《さやか》さんが残《のこ》った。

「沙也加《さやか》さん、ありがとうございました。じゃあ、わたしも帰《かえ》ります。」

沙也加《さやか》さんにお礼《れい》を言《い》ってわたしが帰《かえ》ろうとした、そのとき――。

「ちょっと待《ま》って。あなたも心配《しんぱい》だから、わたしが送《おく》っていってあげる。」

沙也加《さやか》さんは、駐車場《ちゅうしゃじょう》に停《と》めていた白《しろ》い小《ちい》さな車《くるま》の、助手席《じょしゅせき》のドアを開《あ》けた。

4 大《だい》ピンチ！

「乗《の》って。」

親切《しんせつ》なはずなのに、どこかことわれない冷《つめ》たさがあり、わたしはとまどいながら助手席《じょしゅせき》に乗《の》った。

そうだ、ユウト君《くん》に連絡《れんらく》を入《い》れておかないと！　わたしたちが無事《ぶじ》に逃《に》げ切《き》れたこと、リクはおむかえが来《き》て車《くるま》で帰《かえ》ったこと……。

ユウト君《くん》は、あれからひとりでだいじょうぶだったかな。

わたしがスマホを取《と》り出《だ》すと、サッと横《よこ》から手《て》がのびてくる。

「となりで操作《そうさ》されると、気《き》が散《ち》るの。これは、あずかっておくわね。」

沙也加《さやか》さんはそう言《い》って、わたしのスマホを取《と》り上《あ》げると、電源《でんげん》を切《き》って、車《くるま》のアクセルをふんだ。

しばらくして、車《くるま》がわたしの家《いえ》とはちがう方向《ほうこう》に走《はし》っていることに気《き》づく。

「あの……わたしの家《いえ》の場所《ばしょ》をお伝《つた》えしていませんでしたけど……。」

「いいの。わたしがあなたを連《つ》れていくのは、リク君《くん》の家《いえ》だから。」

沙也加《さやか》さんはハンドルをにぎり、前《まえ》を向《む》いたまま答《こた》える。

「えっ？」

「あなたに話《はなし》があるの。」

それっきり、沙也加《さやか》さんは口《くち》を開《ひら》かなかった。

わたしが、リクの家《いえ》へ？　どうして？　話《はなし》って、何《なに》？　それに、この沙也加《さやか》さんの雰囲気《ふんいき》……。なんだか、イヤな予感《よかん》がするのはなぜだろう。スマホも取《と》り上《あ》げられてしまったし、だれかに連絡《れんらく》する手段《しゅだん》がない。不安《ふあん》が不安《ふあん》をよび、あせが背中《せなか》を流《なが》れる。わたしはひざの上《うえ》に置《お》いた手《て》をギュッとにぎりしめた。

沙也加《さやか》さんは、リクの豪邸《ごうてい》の通用門《つうようもん》らしきところに車《くるま》を停《と》めると、どんどん奥《おく》へと進《すす》んでいく。

庭《にわ》にはいくつもに分《わ》かれた石《いし》だたみの道《みち》があり、森《もり》のようなしげみもあれば、大《おお》きな池《いけ》もある。しっかりついていかないと迷子《まいご》になってしまいそうだ。

どこをどう歩《ある》いたかわからないまま、ようやく建物《たてもの》の中《なか》に通《とお》された。

ここは裏口《うらぐち》らしく、細《ほそ》いろうかがはりめぐらされていて、まるで迷路《めいろ》のようだ。改《あらた》めてリクの家《いえ》の広《ひろ》さに圧倒《あっとう》される。

いくつも同《おな》じようなドアがならんでいて、自分《じぶん》がいる場所《ばしょ》がどこなのか完全《かんぜん》にわからなくなってしまった。

「どうぞ。」

何度《なんど》か階段《かいだん》を上《あ》がり、ある部屋《へや》の前《まえ》に来《く》ると、沙也加《さやか》さんがドアを開《あ》けて中《なか》に入《はい》るようにうながす。言《い》われるがまま部屋《へや》に入《はい》ると、バタンとドアが閉《し》められた。

その音《おと》にびっくりしてふりかえると、沙也加《さやか》さんの顔《かお》が急《きゅう》にけわしくなった。

「あなた、リク君《くん》をどこへ連《つ》れ去《さ》ろうとしていたの？」

まるで人《ひと》が変《か》わったような、沙也加《さやか》さんのするどい声《こえ》と視線《しせん》がわたしをつらぬく。

「連《つ》れ去《さ》るなんて、そんな……。」

沙也加《さやか》さんの急変《きゅうへん》ぶりに、わたしは恐怖《きょうふ》を覚《おぼ》える。それに、言《い》われていることもわけがわからない。

「しばらく、ここでおとなしくしていてもらうわよ。」

沙也加《さやか》さんから冷《つめ》たく言《い》い放《はな》たれた言葉《ことば》に、こおりついたように動《うご》けなくなる。

自分《じぶん》が置《お》かれている状況《じょうきょう》がつかめないまま、わたしはこの部屋《へや》に閉《と》じこめられることになった。

何《なに》かとんでもないことに、まきこまれちゃったんじゃないだろうか——。

部屋《へや》にひとり残《のこ》されてしまったわたし——。

どうして、こんなことになっちゃったんだろう。

リクをゲームコーナーで見《み》つけて、ハラハラしながらいっしょに逃《に》げて、それから——

いとこの沙也加《さやか》さんがむかえに来《き》てくれて、ひと安心《あんしん》と思《おも》ったら、わたしは沙也加《さやか》さんの車《くるま》に乗《の》せられて……。

「わたし、つかまっちゃったの？」

部屋《へや》のドアを開《あ》けようとしたけれど、外《そと》からカギがかけられているのか、まったく開《ひら》かない。

どうしよう――。ルルやユウト君《くん》に連絡《れんらく》を取《と》ろうと思《おも》っても、スマホは沙也加《さやか》さんに取《と》られてしまったし……。

「とにかく、どうにかここから出《で》る方法《ほうほう》を考《かんが》えなくちゃ。」

わたしは、部屋《へや》を見《み》わたす。

「小《ちい》さな窓《まど》はあるけど……。」

窓《まど》を開《ひら》いて、外《そと》をのぞいてみる。ここは、三階《がい》かな……？　地面《じめん》が遠《とお》い。窓《まど》からぬけだすのは無理《むり》そうだ。

「本棚《ほんだな》の裏《うら》に、ひみつのかくしとびらがあったりして！」

本棚《ほんだな》を動《うご》かそうとするけれど、重《おも》たくてびくともしない。

「そりゃ、わたしひとりじゃ、こんな大《おお》きな本棚《ほんだな》、動《うご》かせるわけないよね……。あとは――。」

以前《いぜん》読《よ》んだ、推理小説《すいりしょうせつ》や探偵《たんてい》モノのマンガを思《おも》い出《だ》す。

「う～ん、犯人《はんにん》はどうやって逃《に》げていたっけ……って、わたし、犯人《はんにん》じゃないのに！」

でも、ここはひとまず、ぬけだすことが大事《だいじ》！

「えっと……地下通路《ちかつうろ》！　……いや、ここは三階《がい》か。地下《ちか》なんてあるわけない。」

そのほかにも、かざってある絵画《かいが》の裏《うら》を見《み》てみたり、じゅうたんをめくってみたり、かべをコンコンとたたいたりしてみるけれど、脱出《だっしゅつ》できる方法《ほうほう》が見《み》つからない。

「こんなことになるなんて……。」

望《のぞ》みをたたれてしまったような気持《きも》ちで、わたしは頭《あたま》をかかえてその場《ば》にうずくまった。

小《ちい》さな窓《まど》からさしこむオレンジ色《いろ》の光《ひかり》が、だんだんと弱《よわ》くなっていく。

もう、日《ひ》が暮《く》れてしまう——。

「ルル、今《いま》ごろきっと心配《しんぱい》しているよね……。」

弱《よわ》くなった光《ひかり》は、脱出不可能《だっしゅつふかのう》な見知《みし》らぬ部屋《へや》をよけい不気味《ぶきみ》に見《み》せて、わたしの不安《ふあん》な気持《きも》ちを大《おお》きくさせる。

「どうすればいいの……。」

とほうにくれていると、一冊《さつ》のアルバムが目《め》にとまった。

さっき、わたしが本棚《ほんだな》を動《うご》かそうとしたせいで、棚《たな》から飛《と》び出《だ》してしまったみたい。

表紙《ひょうし》には『リク（七歳《さい》〜）』と書《か》かれている。

もどそうとしたものの、少《すこ》し好奇心《こうきしん》がわいてしまう。

「ちょっとだけ……。」

わたしは、そっとアルバムの表紙《ひょうし》をめくった。そこには、少《すこ》し前《まえ》と思《おも》われるリクがいた。

「かわいい。」

でも、リクはどの写真《しゃしん》でも笑《わら》っていなかった。つまらなそうな顔《かお》で、お父《とう》さんとお母《かあ》さんらしき大人《おとな》ふたりのあいだにおさまっている。

逆《ぎゃく》に、お父《とう》さんとお母《かあ》さんは笑《わら》ってはいるけれど、どれもスタンプみたいに同《おな》じ笑顔《えがお》……。

『べつに、家《いえ》に帰《かえ》っても、つまんないし。』

初《はじ》めて『星《ほし》カフェ』に参加《さんか》した日《ひ》、リクが言《い》った言葉《ことば》を思《おも》い出《だ》す。

本棚《ほんだな》には、ピアノの楽譜《がくふ》もあった。そういえば、リクはピアノを習《なら》っているんだっけ。

けれど、楽譜《がくふ》を開《ひら》いたわたしは言葉《ことば》を失《うしな》った。

「何《なに》、これ……。」

リクのピアノの楽譜《がくふ》は、すべてエンピツでグチャグチャに落書《らくが》きされていた。

ピアノのレッスンがいやだったのかな。うまく弾《ひ》けなくて、ムシャクシャしたのかな。

でも、ユウト君《くん》のピアノを聴《き》いていたときのリクの顔《かお》は、とってもおだやかだった。楽《たの》しそうにいっしょに弾《ひ》いたりもしていた。

ここかしこに、リクの悲《かな》しみのあとが残《のこ》っている。

もっと早《はや》く、リクのさびしさに気《き》づいてあげられていたら――！

「おば様《さま》、ここです。」

部屋《へや》の外《そと》で声《こえ》がして、わたしは急《いそ》いで楽譜《がくふ》をもとにもどした。カギが開《あ》けられ、沙也加《さやか》さんが部屋《へや》に入《はい》ってくる。

そのうしろから、もうひとり女性《じょせい》が入《はい》ってきた。

「まあ！　この子《こ》なの!?」

その女性《じょせい》は、おどろきと怒《いか》りに満《み》ちた目《め》でわたしを見《み》る。

「よくも、うちのリクからお金《かね》をまきあげてくれたわね！」

はきすてるように言《い》った女性《じょせい》の言《こと》葉《ば》に、わたしはとまどう。

「ち、ちがいます！　わたしは……。」

「言《い》い訳《わけ》は聞《き》きたくないわ。どんな理《り》由《ゆう》があったにせよ、これは犯罪《はんざい》よ。」

きれいなスーツを着《き》こなした女性《じょせい》は、わたしにしゃべるよちをあたえず、まるで、きたないものを見《み》るようにわたしを見下《みお》ろした。

あ、この人《ひと》は――さっき見《み》たアルバムにのっていた人《ひと》――。『うちのリク』とよんでいた。やっぱり、リクのお母《かあ》さんなんだ。

「そんな……。」

わたし、また犯人《はんにん》あつかいされてしまうの……？

絶望的《ぜつぼうてき》な気持《きも》ちになってうなだれたわたしに、沙也加《さやか》さんがさらに追《お》い打《う》ちをかける。

「リク君《くん》、この人《ひと》からお金《かね》を取《と》られていたのよね？」

リクの名前《なまえ》を聞《き》いて顔《かお》を上《あ》げると、沙也加《さやか》さんのうしろからリクがおそるおそる顔《かお》をのぞかせる。そして、わたしから目《め》をそらすと、だまったままコクンとうなずいた。

えっ——。

わたしの胸《むね》がこおりつく。

「リク君《くん》……。」

どうして——。わたしといっしょに、あの男《おとこ》の子《こ》たちから逃《に》げたじゃない。

リクのほうを必死《ひっし》に見《み》るけれど、リクはわたしと目《め》を合《あ》わせようとしない。

やっぱりわからない。わたしには、リクのことがわからないよ……。

「おば様《さま》、リク君《くん》から話《はなし》を聞《き》きました。

この子《こ》はリク君《くん》をおどして塾《じゅく》をサボらせて、家《いえ》に連《つ》れこんで料理《りょうり》やそうじをさせていたらしいの。おまけに、お金《かね》まで持《も》ってこさせて……。」

沙也加《さやか》さんが、リクのお母《かあ》さんに言《い》う。

「そんなこと……!!」

「なんてことを……!!」

わたしとリクのお母《かあ》さんの声《こえ》が重《かさ》なる。

「今《いま》すぐ警察《けいさつ》につき出《だ》してやりたいわ！」

リクのお母《かあ》さんのこぶしがふるえている。それをなだめるように、沙也加《さやか》さんが言《い》った。

「今《いま》はおじい様《さま》の選挙前《せんきょまえ》ですし、警察《けいさつ》ざたにはしないほうがいいと思《おも》います。わたしが、彼女《かのじょ》の親《おや》に話《はな》して、うまくやっておきますから。」

「そうねえ。政界《せいかい》の大物《おおもの》といわれるお義父様《とうさま》の孫《まご》が警察《けいさつ》のお世話《せわ》になるなんて、選挙《せんきょ》に影響《えいきょう》してしまうわね。わかったわ、沙也加《さやか》さん。たのんだわよ。」

そう言《い》うと、リクのお母《かあ》さんはリクを連《つ》れて部屋《へや》から出《で》ていった。

とうとう、リクがわたしのほうを見《み》ることはなかった——。

部屋《へや》には、わたしと沙也加《さやか》さんだけが残《のこ》されている。

「リク君《くん》は……ほんとうに、わたしがおどして塾《じゅく》をサボらせて、家《いえ》に連《つ》れこんで料理《りょうり》やそうじをさせたと、しかもお金《かね》を持《も》ってこさせたとまで言《い》ったんですか？」

わたしは、ふるえる声《こえ》でたずねる。

すると、沙也加《さやか》さんはうっすらと笑《え》みをうかべて言《い》った。

「ほんとうかどうかは、この際《さい》どうでもいいの。これはリク君《くん》のためであり、この家《いえ》のみんなのためなの。

お願《ねが》い、悪者《わるもの》になってくれる？」

「みんなのため……？」

「そう。これで、ぜんぶ丸《まる》くおさまるの。リク君《くん》ったら、家《いえ》にあったお金《かね》を持《も》ち出《だ》していたのよ。でも、ほんとうのことを言《い》ったら、リク君《くん》がゲームコーナーに行《い》ってたことまでバレちゃうでしょ？　そうしたら、リク君《くん》がおば様《さま》たちにおこられちゃう。」

「でも、あの男《おとこ》の子《こ》たちをつかまえないと、解決《かいけつ》にはならないと思《おも》います。」

勇気《ゆうき》をふりしぼって言《い》ったわたしの言葉《ことば》は、沙也加《さやか》さんの冷《つめ》たい笑《わら》い声《ごえ》にかき消《け》された。

「あはは。言《い》われなくても、とっくに手《て》を回《まわ》してるわよ。選挙前《せんきょまえ》のおじい様《さま》に迷惑《めいわく》もかけられないし。あなたさえ、だまっていてくれれば、すべてうまくいくの。」

わたしがガマンすれば、みんなが幸《しあわ》せになるの……？　でも、それじゃ、わたしは犯人《はんにん》だって思《おも》われたままじゃない！

「あなたのことは、警察《けいさつ》には言《い》わないし、学校《がっこう》にも親《おや》にも言《い》わない。だから、あなたも、これまでのことをだれにも言《い》わないって約束《やくそく》してくれる？」

沙也加《さやか》さんが、わたしの顔《かお》をのぞきこむ。

わたしさえ……いやいや、それでほんとうにいいんだろうか。
ふたりのわたしが、心《こころ》の中《なか》でかっとうしている。
わたしは、どうすればいいんだろう。どうすることが正《ただ》しいの？

5 救《すく》いの手《て》

なかなか返事《へんじ》をしないわたしに、沙也加《さやか》さんがしびれを切《き》らす。

「約束《やくそく》するまで、この部屋《へや》からは出《で》られないわよ。」

そう言《い》い残《のこ》して、沙也加《さやか》さんは部屋《へや》を出《で》ていくと、ふたたびドアのカギを閉《し》めた。

部屋《へや》に、またひとり残《のこ》される。

ちゃんと、よーく考《かんが》えなきゃ。わたしは、どうするべきなのか。

リクや、リクの家族《かぞく》に迷惑《めいわく》をかけないためには、沙也加《さやか》さんの言《い》うとおり、わたしが悪《わる》者《もの》になればいいのだろう。

だけど……。

わたしは、さっき見《み》たアルバムの、つまらなそうな顔《かお》のリクを思《おも》い出《だ》す。

リクは、ほんとうはお父《とう》さんやお母《かあ》さんと、ちゃんと話《はなし》がしたいんじゃないのかな。

『星《ほし》カフェ』でのリクの笑顔《えがお》――。

あんなふうに、リクに笑《わら》っていてほしい。だったら――。

『あなたさえ、だまっていてくれれば、すべてうまくいくの。』

――そう沙也加《さやか》さんに言《い》われたけれど……。

「やっぱりわたし、うそはつきたくない。リク君《くん》のためにも。」

そう決心《けっしん》して、なんとか部屋《へや》からぬけだす方法《ほうほう》を考《かんが》える。

窓《まど》からは出《で》られないし、かくしとびらがあるわけでもなさそう。スマホも沙也加《さやか》さんに取《と》られちゃったから、だれとも連絡《れんらく》が取《と》れない。ということは――。

「どうにかして、部屋《へや》のカギを開《あ》けてもらわなくちゃ……。」

わたしは、カギのかかったドアをコンコンとノックする。

「すみません。」

すると、すぐドアの前《まえ》に人《ひと》の気配《けはい》がした。

「どうしましたか？」

それは沙也加《さやか》さんとはべつの女《おんな》の人《ひと》の声《こえ》だった。たぶんこの人《ひと》はお手伝《てつだ》いの人《ひと》なんだろう。

「トイレに行《い》きたいんですけど……。」

わたしはうその理由《りゆう》を言《い》う。そうとも知《し》らない女《おんな》の人《ひと》は、あわてたように答《こた》えた。

「えっ！　ちょっと待《ま》ってください。わたしは、見張《みは》っておくように言《い》われていますので、沙也加《さやか》おじょう様《さま》に確認《かくにん》してまいります。」

「待《ま》てません！　もうガマンできなそう！　早《はや》くしてくれないと、ここで……。」

「わ〜っ!!　わかりました、すぐにお連《つ》れしますから、どうかそこでは……。」

あせったように言《い》うと同時《どうじ》に、ガチャガチャとカギを開《あ》ける音《おと》がしてドアが開《ひら》いた。

やった!!

いきおいよく部屋《へや》を出《で》ようとすると、その女《おんな》の人《ひと》がすかさずわたしの目《め》の前《まえ》に立《た》ちはだかった。

「いいですか、わたしがご案内《あんない》するので、わたしのうしろをついてきてください。」

相手《あいて》もなかなか手《て》ごわい。

「……わかりました。ちょっと急《いそ》いでもらえますか。」

けっきょく、しっかり見張《みは》られて、逃《に》げるスキもないままトイレに着《つ》いてしまった。

「ここで、お待《ま》ちしています。」

ええ〜、このままじゃ、またあの部屋《へや》にもどされちゃう。作戦《さくせん》を立《た》て直《なお》さなきゃ。

トイレの中《なか》にこもって考《かんが》えていると、リクのお母《かあ》さんらしき声《こえ》がひびきわたった。

「沙也加《さやか》さん！　いったいどうなっているの!?」

「おば様《さま》、どうしましたか？」

「あの子《こ》が玄関《げんかん》にいるのよ！　いつの間《ま》に部屋《へや》からぬけだしたの？」

——えっ？

「わたしが玄関《げんかん》にいるって、どういうこと……？」

トイレの中《なか》で、どうやって見張《みは》りの目《め》をぬすんでぬけだすかを考《かんが》えていたわたしは、首《くび》をかしげる。

わたしは、ここにいるのに……。

「そんなはずは……。確認《かくにん》してきます。」

沙也加《さやか》さんの声《こえ》に続《つづ》いて、バタバタとろうかを走《はし》る足音《あしおと》が聞《き》こえる。

「あなた！　こんなところで何《なに》をやっているの？」

「あの子《こ》がどうしてもトイレに行《い》きたいと言《い》うので、ここで待《ま》っていたんですけど……。」

トイレの前《まえ》で、沙也加《さやか》さんと、見張《みは》りの女《おんな》の人《ひと》が話《はな》しているようだ。

「逃《に》げられたのよ！」

「ええっ!?　どうやって？　いつの間《ま》に……？」

「何《なに》やってんのよ！　とりあえず、広間《ひろま》へ。」

ふたりの足音《あしおと》が遠《とお》ざかっていく。わたしは、そろりそろりとドアを開《あ》け、周囲《しゅうい》を確認《かくにん》する。

「こっち！」

とつぜん、手《て》を引《ひ》かれて走《はし》りだす。

「リク君《くん》!?」

「シ――ッ！　いいから、ぼくについてきて！」

リクのこと、信用《しんよう》していいんだろうか――。

リクは、わたしが家事《かじ》をやらせたり、お金《かね》をまきあげたりしていたと沙也加《さやか》さんに言《い》っていた。なのに、どうして――？

ききたいことはたくさんあるけど今《いま》は逃《に》げるのが先《さき》だ。

向《む》かっている先《さき》から足音《あしおと》が聞《き》こえると、リクとわたしはすぐ近《ちか》くの部屋《へや》に入《はい》って身《み》をひそめた。そして、相手《あいて》が通《とお》りすぎたのを確認《かくにん》すると、また部屋《へや》を出《で》て走《はし》った。

ショッピングセンターで中学生《ちゅうがくせい》たちから逃《に》げたときとまるで同《おな》じだ。どうしてリクとは、こんなに逃《に》げ回《まわ》らなくちゃいけないいんだろう。

「この家《いえ》で働《はたら》いている人《ひと》って、何人《なんにん》いるの？」

「うーん、きょうは、沙也加《さやか》さんのほかにおじい様《さま》の秘書《ひしょ》とか、あとお手伝《てつだ》いさんたちを合《あ》わせて、七人《にん》くらいかな。」

そんなに!?　わたしたち、無事《ぶじ》に逃《に》げ切《き》れるのかな……。

あちらこちらをかけ回《まわ》る足音《あしおと》が、わたしを不安《ふあん》にさせる。

「いたわ！　向《む》こうのリビングルームよ！」

そのかけ声《ごえ》とともに、近《ちか》くで聞《き》こえていた足音《あしおと》がはなれていくのがわかる。

「ねえ、リク君《くん》。気《き》になっていたんだけど、これ、どういうこと？　ほかにだれかいるの？」

みんな、いったいだれを追《お》いかけているの……？　わたしはここにいるのに。

「ぼくがルルさんをよんだんだ。」

「ええっ⁉」

「静《しず》かに‼　さっきから声《こえ》が大《おお》きいってば！」

「ごめん。びっくりしちゃって、つい……。」

わたしは手《て》で口《くち》をおさえる。

ルルが、この家《いえ》に……⁉

だからみんな、ルルをわたしだと思《おも》って追《お》いかけているんだ。

「でも、それでルルがつかまっちゃったら……。」

「ルルさんならだいじょうぶだと思《おも》う。運動神経《うんどうしんけい》もいいし。」

リクがチラッとわたしを見《み》る。

ルルはわたしとはちがって、活発《かっぱつ》でスケートボードが上手《じょうず》。つまり、それって……。

「わたしは、にぶそうってこと？」

「…………」

「え、ノーコメント？」

わたしがツッコむと、リクはサッと話《はなし》を変《か》えた。

「とにかく、物置部屋《ものおきべや》でルルさんと待《ま》ち合《あ》わせをしているんだ。そこまで行《い》かなくちゃ！」

事前《じぜん》に、ルルに物置部屋《ものおきべや》までの行《い》き方《かた》を送《おく》っておいたという。しかも、わたしの服装《ふくそう》まで伝《つた》えたというから、リクったらなかなかやるじゃない。

わたしたちは、そっと部屋《へや》を出《で》て物置部屋《ものおきべや》のあるほうへと向《む》かう。

「いた！　こんどはこっちよ！」

背後《はいご》から沙也加《さやか》さんの声《こえ》がする。

わたしとリクは、反射的《はんしゃてき》に走《はし》りだした。

「早《はや》く、あの子《こ》をつかまえるのよ！」

沙也加《さやか》さんがほかのお手伝《てつだ》いさんたちに声《こえ》をかけるけれど、あちらこちらから困惑《こんわく》した

声《こえ》があがる。

「たしかにあっちで見《み》かけたのに、いつの間《ま》に!」

「さっきまで向《む》こうのろうかを走《はし》っていたはず……。」

どうやら、ルルがうまくかき回《まわ》してくれているみたい。

「いや、あちらにいます!」

「ちがう! こっちだ!」

「でも、ほら、あそこに……。」

「いったい、どうなってるんだ!?」

沙也加《さやか》さんとお手伝《てつだ》いさんたちは、わたしとルルを追《お》いかけながら混乱《こんらん》している。

「もうすぐ物置部屋《ものおきべや》だ。」

みんなの目《め》をぬすんで小《ちい》さな部屋《へや》にかけこむと、やっとひと息《いき》ついた。

物置部屋《ものおきべや》というだけあって、そうじ道具《どうぐ》や古《ふる》い家具《かぐ》がつめこまれていて、せまくてほこりっぽくて、なんだか気味《きみ》が悪《わる》い。

ルル、どうか無事《ぶじ》にここまでたどり着《つ》いて――!!

ガチャ――。

わたしとリクがかくれている物置部屋《ものおきべや》のドアが開《ひら》く。

わたしたちはとっさに物《もの》かげにかくれて息《いき》をころす。

「お待《ま》たせー！　ルル、参上《さんじょう》！」

そこには、わたしと同《おな》じ服《ふく》を着《き》たルルが立《た》っていた。いつもは一つにたばねている髪《かみ》の毛《け》も、きょうはおろしている。

「ルル――!!　さすが！」

「あたしがつかまるわけないでしょ。」

無事《ぶじ》に落《お》ち合《あ》うことができたわたしたちは、リクについて物置部屋《ものおきべや》の奥《おく》へと向《む》かう。

「この奥《おく》に裏口《うらぐち》があって、そこから裏庭《うらにわ》に出《で》られるんだ。」

裏庭《うらにわ》に出《で》ると、そこはわたしが最初《さいしょ》に沙也加《さやか》さんに連《つ》れてこられた場所《ばしょ》だった。

この裏庭《うらにわ》をぬければ、この家《いえ》から出《で》られる――。

大《おお》きな池《いけ》をこえ、森《もり》のようなしげみをぬけ、石《いし》だたみの道《みち》を歩《ある》いていくと、通用門《つうようもん》はもうすぐそこだ。

けれど――。

「やっとつかまえた。」

通用門《つうようもん》の前《まえ》には、腕《うで》を組《く》んだ沙也加《さやか》さんが立《た》っていた。

あわてて引《ひ》き返《かえ》そうとするけれど、うしろからは秘書《ひしょ》の男《おとこ》の人《ひと》たちが追《お》ってきていた。

完全《かんぜん》にはさまれてしまったわたしたちは、逃《に》げ場《ば》を失《うしな》う。

「あなたたち、双子《ふたご》だったのね。まったく、手《て》を焼《や》かせて……。でも、あなたたちが物置《ものおき》部屋《べや》に逃《に》げこむのを見《み》て、ピンと来《き》たわ。通用門《つうようもん》から逃《に》げるんだって。」

沙也加《さやか》さんは、勝《か》ちほこったように言《い》う。

「リク君《くん》、わたしだって、この家《いえ》のことはよーくわかってるの。残念《ざんねん》だったわね。」

リクは、くやしそうにくちびるをかんでいる。

「あともうちょっとだったのに……。ごめん、ココさん、ルルさん。」

「ううん、リク君《くん》はわたしを助《たす》けてくれようとしたんだもん。ありがとう。」

これからわたしとルルがどうなってしまうのかわからないけれど、リクが勇気《ゆうき》を出《だ》してわたしを引《ひ》っ張《ぱ》ってくれたことがうれしかった。

リクとつないでいた手《て》を見《み》る。あのときと逆《ぎゃく》だ。
ショッピングセンターからぬけだすときは、わたしがリクの手《て》を引《ひ》いて走《はし》った。
その手《て》が、こんどはわたしを助《たす》けだそうとしてくれた――。

6 さびしかった……

「三人《にん》を広間《ひろま》に連《つ》れていって。」

沙也加《さやか》さんに言《い》われ、わたしたちは秘書《ひしょ》の人《ひと》たちにがっちりとかこまれながら、ふたたび家《いえ》の中《なか》へと連《つ》れられていった。

そして、わたしとルルは、広間《ひろま》の真《ま》ん中《なか》に置《お》かれたソファの前《まえ》に立《た》たされている。

重《おも》たそうな豪華《ごうか》なシャンデリアが、わたしたちの暗《くら》くしずんだ顔《かお》を明《あか》るく照《て》らす。

目《め》の前《まえ》の大《おお》きなソファには、リクのお母《かあ》さんがすわって、わたしたちに、にらみつけるような視線《しせん》を送《おく》っている。となりには、小《ちい》さくうなだれたリクがすわっている。

そのまわりに、沙也加《さやか》さんをはじめ秘書《ひしょ》やお手伝《てつだ》いさんたちがならんで、同《おな》じようにわたしたちを見《み》つめていた。

「ところであなた、どうしてこの子《こ》がここにいるってわかったの？　この子《こ》のスマホは、わたしがあずかっていたから、連絡《れんらく》は取《と》れなかったはずよ。」

そう言《い》って、沙也加《さやか》さんはルルにわたしのスマホを見《み》せた。

「あたしたち、双子《ふたご》だから直感的《ちょっかんてき》にわかっちゃうっていうか……。ね、ココ。」

「う、うん……。」

そんなバレバレなうそ……。

そう思《おも》ったけれど、ルルがリクをかばおうとしているのだと察《さっ》したわたしは、とまどいながらも返事《へんじ》をした。

すると、案《あん》の定《じょう》、沙也加《さやか》さんがものすごい剣幕《けんまく》で言《い》った。

「ふざけないで！」

広間《ひろま》にピリピリとはりつめた沈黙《ちんもく》が落《お》ちる。

それをやぶったのは、リクだった。

「ぼくが連絡《れんらく》したんだ。ココさんを助《たす》けたくて。」

その場《ば》にいた全員《ぜんいん》の視線《しせん》が、リクに集中《しゅうちゅう》する。

「……ど、どういうことなの、リク。」

とんでもないことを言《い》いだしたリクを、リクのお母《かあ》さんがおどろきの目《め》で見《み》つめる。

「リク君《くん》、部屋《へや》にもどりましょう。」

沙也加《さやか》さんは、リクの背中《せなか》に手《て》を回《まわ》した。

「いやだ！」

リクは、沙也加《さやか》さんの手《て》をふりはらい、がんとして動《うご》かなかった。

「ぼく、もうココさんたちを悪者《わるもの》にしたくない！」

「リク君《くん》……。」

わたしは、リクを見《み》る。その目《め》に、固《かた》い意志《いし》のような強《つよ》さを感《かん》じる。

「いったい、何《なに》を言《い》っているの？」

リクのお母《かあ》さんが、リクとわたしたちを交互《こうご》に見《み》る。

「お母様《かあさま》、ぼく、ほんとうのことを話《はな》すよ。」

「ほんとうの、こと……？」

リクはコクンとうなずくと、ゆっくりと話《はな》しはじめた。

「じつはぼく、塾《じゅく》も習《なら》いごとも、ときどきサボっていたんだ。」

「なんですって!?」

リクのお母《かあ》さんは、声《こえ》を裏返《うらがえ》しながらおどろく。

「わたしには、何《なに》も連絡《れんらく》や報告《ほうこく》がなかったわ。」

リクのお母《かあ》さんが、沙也加《さやか》さんを見《み》る。

「すみません、わたしが連絡《れんらく》を受《う》けていたんですけれど……。」

リクは、そのやりとりにかまわず、話《はなし》を続《つづ》けた。

「毎日《まいにち》、学校《がっこう》が終《お》わったらすぐに塾《じゅく》や習《なら》いごとに行《い》かなくちゃいけない……。

ぼくだって、友《とも》だちと遊《あそ》んだりしたかったんだ。」

リクの切々《せつせつ》とした気持《きも》ちが伝《つた》わってくる。

「それで、塾《じゅく》をサボった日《ひ》に、たまたまココさんとルルさんに出会《であ》って……。『星《ほし》カフェ』に参加《さんか》させてもらったんだ。」

「その『星《ほし》カフェ』っていうのは、なんなの?」

リクのお母《かあ》さんがたずねる。

「ココさんたちは、ときどき友《とも》だちと集《あつ》まっていっしょにごはんを作《つく》って、食《た》べているんだって。それを『星《ほし》カフェ』ってよんでいるんだ。」

「まあ、それでリクから、お金《かね》をとってたっていうの？」

リクのお母《かあ》さんがわたしとルルのほうを見《み》る。

「え、ええ、材料費《ざいりょうひ》として三百円《えん》ほど……。」

「さ、三百円《えん》!?」

わたしの答《こた》えに、リクのお母《かあ》さんは拍子《ひょうし》ぬけしたようにくりかえす。

「ぼく、『星《ほし》カフェ』で初《はじ》めて料理《りょうり》をしたり、食事《しょくじ》のあとかたづけをしたりしたんだ。家《いえ》では、いつもぜんぶやってもらっていたけど、みんなといっしょにすると楽《たの》しかった。それに、みんなとごはんを食《た》べるとおいしく感《かん》じて、たくさん食《た》べられるんだ。いつもひとりで食《た》べていたから……。」

「リク君《くん》……。」

ああ、やっぱりリクには、親《おや》に言《い》えずにかかえていた悲《かな》しみがあったんだ……。

「だから、この人《ひと》たちは悪《わる》くない。ぼくが『星《ほし》カフェ』に行《い》きたくて、塾《じゅく》をサボったんだ。」

ほんとうのことを、勇気《ゆうき》を出《だ》して語《かた》ったリクが、わたしの目《め》にまぶしくうつった――。

「リクは……リクは、立派《りっぱ》な政治家《せいじか》のお義父様《とうさま》、その秘書《ひしょ》をしている夫《おっと》にふさわしい、まじめな子《こ》なのよ。それが、こんな子《こ》たちの家《いえ》に出入《でい》りして遊《あそ》んでいたなんて！」

リクのお母《かあ》さんは、怒《いか》りでふるえている。

「だいたい、リクが塾《じゅく》や習《なら》いごとをサボるなんて、ありえない。そんなの、だれかにそそのかされたに決《き》まっているじゃない！　リクはとてもいい子《こ》で……。」

リクのお母《かあ》さんは、わたしたちがリクをサボらせたと言《い》わんばかりにまくし立《た》てた。

すると、とつぜんリクがそれを打《う》ち消《け》すような大《おお》きな声《こえ》でさけんだ。

「ぼくは、それがいやなんだ‼」

ふたたび、全員《ぜんいん》の視線《しせん》がリクにそそがれる。

「お父様《とうさま》も、お母様《かあさま》も、ぼくのことなんかぜんぜんわかっていないくせに！

家《いえ》でいっしょにごはんを食《た》べることなんて、ほとんどないじゃないか。ゆっくり話《はな》す時《じ》間《かん》もなくて、たまにきかれるのは、成績《せいせき》のことだけ……。」

リクの大《おお》きなひとみから、ひとすじの涙《なみだ》がこぼれ落《お》ちた。

「ぼくは、さびしかった……。」

リクは、自分《じぶん》のほんとうの気持《きも》ちを切々《せつせつ》とお母《かあ》さんに語《かた》る。

リクのお母《かあ》さんは、かなりのショックを受《う》けているようで、ぼうぜんとしたままだ。

わたしは、リクの気持《きも》ちがお母《かあ》さんに伝《つた》わっていることを心《こころ》の中《なか》で願《ねが》った。

すると、リクのお母《かあ》さんはまだ納得《なっとく》できないといった表情《ひょうじょう》でたずねた。

「じゃ、じゃあ、どうしてお母《かあ》さんのお金《かね》をとったりしたの？」

「それは……。」

リクは少《すこ》しのあいだ、言《い》いよどんだ。

がんばれ、リク!!

「おば様《さま》、そのことについては……。」

代《か》わりに沙也加《さやか》さんが説明《せつめい》しようとしたけれど、リクがさえぎった。

「待《ま》って！　ぼく、自分《じぶん》でちゃんと話《はな》す。」

「でも……。」

「ぼく、ショッピングセンターのゲームコーナーで出会《であ》った中学生《ちゅうがくせい》の男子《だんし》たちからおどされて、お金《かね》を持《も》ってこいって言《い》われて……。」

「なんですって⁉」

リクのお母《かあ》さんは、卒倒《そっとう》しそうないきおいでさけぶ。

「……すぐに警察《けいさつ》に連絡《れんらく》を……。」

「おば様《さま》、お気持《きも》ちはわかりますが、今《いま》はおじい様《さま》の選挙前《せんきょまえ》ですから……。」

沙也加《さやか》さんがなだめて、少《すこ》し落《お》ち着《つ》きを取《と》りもどしたリクのお母《かあ》さんは、さらにたずねた。

「いったい、だれなの？　その相手《あいて》は。」

「わからない……。」

「そちらは、わたしのほうで手《て》を打《う》ってありますから、どうぞご安心《あんしん》ください。」

沙也加《さやか》さんが、すかさず答《こた》える。

「あなたがついていながら、リクをなんて目《め》にあわせるの⁉」

リクの身《み》に危険《きけん》がせまっていたことへの怒《いか》りが、こんどは沙也加《さやか》さんに向《む》けられる。

リクから事実《じじつ》を聞《き》かされ、わたしとルルがお金《かね》をうばっていた犯人《はんにん》ではないとわかった今《いま》、リクのお母《かあ》さんはぶつけようのない怒《いか》りを持《も》てあましているようだった。

7 ようこそ『星《ほし》カフェ』へ

「ちがうんだ、沙《さ》也《や》加《か》お姉《ねえ》ちゃんはぼくを思《おも》って……。」

リクのお母《かあ》さんが沙《さ》也《や》加《か》さんを責《せ》めたことで、またもリクが口《くち》をはさむ。

「ぼくがおこられないように、学校《がっこう》で禁止《きんし》されているゲームコーナーに行《い》っていたことを、ないしょにしてくれたんだ。」

沙《さ》也《や》加《か》さんは、バツが悪《わる》そうな表情《ひょうじょう》をうかべる。

「はあ……。まったく、どうしてこんなことに……。」

リクのお母《かあ》さんは頭《あたま》をかかえた。

「あのう……。」

おもむろにルルが口《くち》を開《ひら》く。

「それに関《かん》しては、こんなものが。」

とつぜん口《くち》を開《ひら》いたルルは、スマホを取《と》り出《だ》し、音声《おんせい》データの再生《さいせい》ボタンをおす。

すると、女性《じょせい》の声《こえ》が聞《き》こえてきた。

『だいじょうぶよ。あの子《こ》の家《いえ》は金持《かねも》ちなんだから。おどせば、いくらでも持《も》ってくるわよ。ちゃんと分《わ》け前《まえ》はあげるから。

その代《か》わり、だれかにチクったりしたら、あんたたちがあの子《こ》をおどしてお金《かね》を受《う》け取《と》っている動画《どうが》を、警察《けいさつ》に送《おく》りつけるからね。』

「何《なに》、これ……。」

青《あお》ざめた沙也加《さやか》さんから声《こえ》がもれる。

「沙也加《さやか》お姉《ねえ》ちゃん……？」

リクも目《め》を見開《みひら》いて沙也加《さやか》さんを見《み》る。わたしもおどろきのあまり声《こえ》が出《で》ない。

音声《おんせい》データの声《こえ》の主《ぬし》は、沙也加《さやか》さんだった。

「ユウト君《くん》から送《おく》られてきたの。」

そう言《い》って、ルルはユウト君《くん》からこの音声《おんせい》データが送《おく》られてきた経緯《けいい》を話《はな》しはじめた。

「きょう、ココとリク君《くん》と『星《ほし》カフェ』の仲間《なかま》のユウト君《くん》は、リク君《くん》をおどしていた中学《ちゅうがく》生《せい》たちから、いっしょに逃《に》げていたんです。とちゅうで、ユウト君《くん》はココとリク君《くん》とわかれたでしょ？」

「うん。わたしとリク君《くん》が逃《に》げやすいようにって。」

「そのあと、中学生《ちゅうがくせい》たちのところに沙也加《さやか》さんが現《あらわ》れたんです。ユウト君《くん》、おかしいと思《おも》って、様子《ようす》をうかがっていたみたいなの。」

『何《なに》やってんのよ。リクはちゃんと出《で》かけていったわよ。』

『でも、来《こ》ないんです。LINE《ライン》も電話《でんわ》も無視《むし》だし。さっきからさがしてるんですけど……。』

『しょうがないわね。わたしがリクに電話《でんわ》する。』

そんなやりとりをして、沙也加《さやか》さんがリクをむかえに行《い》ったあと、ユウト君《くん》が中学生《ちゅうがくせい》たちから話《はなし》を聞《き》いたという。

「そうしたら、沙也加《さやか》さんにおどされていることを白状《はくじょう》して、この音声《おんせい》データをくれたんだって。」

「あの子《こ》たち、いつの間《ま》に……。ひどい！」

沙也加《さやか》さんは、くやしそうに顔《かお》をゆがめた。

「ひどいのはどっちですか？　リク君《くん》をおどしてお金《かね》をまきあげさせていたのは、沙也加《さやか》さんだったってことですか⁉」

わたしは思《おも》わず沙也加《さやか》さんにつめよる。

すると、沙也加《さやか》さんはさけぶように言《い》った。

「だって……しかたないじゃない！　お金《かね》が必要《ひつよう》だったんだもの‼」

沙也加《さやか》さんの悲痛《ひつう》な声《こえ》が、広間《ひろま》にひびきわたった。

「どういうこと？　説明《せつめい》してちょうだい、沙也加《さやか》さん。」

じつは沙也加《さやか》さんが、中学生《ちゅうがくせい》たちにリクをおどすよう指示《しじ》していたことを知《し》り、リクのお母《かあ》さんが混乱《こんらん》したようにたずねる。

「大学《だいがく》に行《い》くお金《かね》がほしかったのよ。だけど、わたしの家《いえ》は家計《かけい》が苦《くる》しくて……。」

沙也加《さやか》さんが、観念《かんねん》したように話《はな》しはじめた。

「ずるいわ！　わたしのお母《かあ》さんとおば様《さま》は姉妹《しまい》なのに、こんなに生活《せいかつ》の差《さ》があるなんて。」

そういえば、沙也加《さやか》さんはリクのいとこだと言《い》っていた。

沙也加《さやか》さんが言《い》うには、お母《かあ》さんは離婚《りこん》していて、女手一《おんなでひと》つで沙也加《さやか》さんを育《そだ》ててくれた。

沙也加《さやか》さんはほんとうは大学《だいがく》に行《い》きたかったけど、家計《かけい》は苦《くる》しく、進学《しんがく》をあきらめて、アルバイトをしながら、就職先《しゅうしょくさき》をさがしている。

「わたしはこんなに苦労《くろう》しているのに、リク君《くん》はこんな大豪邸《だいごうてい》に住《す》んで、何《なに》も不自由《ふじゆう》することなく優雅《ゆうが》にくらしている。親族《しんぞく》として、少《すこ》しくらいお金《かね》をゆずってもらってもいいと思《おも》わない？」

「まあ！　あなた、それが目的《もくてき》でこの家《いえ》に入《はい》りこんできたの？」

リクのお母《かあ》さんが、沙也加《さやか》さんをにらみつける。

沙也加《さやか》さんの気持《きも》ちは、わからなくもない。

でも……。

だからといって、リクにこわい思《おも》いをさせて、お金《かね》をうばいとるなんて……。

「沙也加《さやか》お姉《ねえ》ちゃん……。いつも、あんなにやさしくしてくれていたのに、あれはうそだったの？」

リクの目《め》は、今《いま》にも泣《な》きだしそうに、うるんでいる。

悲《かな》しい現実《げんじつ》に、言葉《ことば》が見《み》つからない。

「そうよ。わたし、やさしい人間《にんげん》でもなんでもないの。」

沙也加《さやか》さんは、開《ひら》き直《なお》ったように冷《つめ》たく言《い》い放《はな》つ。

重苦《おもくる》しい空気《くうき》が、わたしたちを息苦《いきぐる》しくさせる。

リクの気持《きも》ちを思《おも》うと、どれほどのショックを受《う》けているだろうかと胸《むね》が痛《いた》む。

「でも……。」

わたしは、おそるおそる声《こえ》を発《はっ》する。

「沙也加《さやか》さんは、リク君《くん》が『星《ほし》カフェ』に来《く》る前《まえ》から、塾《じゅく》や習《なら》いごとをサボっていることを、お母《かあ》さんにないしょにしてあげていたんですよね？」

「それは……。」

「リク君《くん》のこと、自由《じゆう》にさせてあげたいと思《おも》っていたからじゃないですか？」

わたしの言葉《ことば》に、沙也加《さやか》さんの表情《ひょうじょう》がきびしいものに変《か》わる。

「おば様《さま》やおじ様《さま》がいけないのよ！　ちゃんとリク君《くん》を見《み》てあげないから……。」

「なんですって⁉　わたしたちのせいだって言《い》うの？」

沙也加《さやか》さんとリクのお母《かあ》さんの視線《しせん》が、バチバチと音《おと》がしそうなほど強《つよ》くぶつかる。

すると、リクがつぶやいた。

「沙也加《さやか》お姉《ねえ》ちゃんは、いつもぼくといっしょにいてくれた。」

リクのひとことで、リクのお母《かあ》さんの空気《くうき》が変《か》わったのがわかった。

「……沙也加《さやか》さんの言《い》うとおり、今回《こんかい》のことは、わたしたちがちゃんとリクを見《み》ていなかったせいかもしれない……。」

リクのお母《かあ》さんが、消《き》え入《い》りそうな声《こえ》でつぶやく。

「沙也加《さやか》さんたちにまかせっきりにして、リクの気持《きも》ちを聞《き》いてあげていなかった。」

リクのお母《かあ》さんは、ソファにもたれかかり、うなだれて顔《かお》をふせる。

「お母様《かあさま》……。お母様《かあさま》の財布《さいふ》からお金《かね》をとったり、うそをついたりしたのはぼくなんだ。だから……沙也加《さやか》お姉《ねえ》ちゃんをゆるしてあげて。」

「リク君《くん》……。」

リクからの思《おも》いがけない言葉《ことば》に、沙也加《さやか》さんが泣《な》きくずれる。

「ごめん……ごめんなさい……。」

「お姉《ねえ》さん……苦労《くろう》していたのね。」

リクのお母《かあ》さんが口《くち》を開《ひら》く。

「お姉《ねえ》さん、……あなたのお母《かあ》さんとは、ずっと連絡《れんらく》を取《と》っていなかったのよ。そんなにたいへんな状況《じょうきょう》だったなんて、知《し》らなかった……。」

「おば様《さま》……。」

「お姉《ねえ》さんの結婚《けっこん》には、わたしも家族《かぞく》も反対《はんたい》していたのよ。でもお姉《ねえ》さんは、それをおしきって結婚《けっこん》した……。だからお姉《ねえ》さんは、離婚《りこん》するときも、したあとも、だれにも話《はな》せなかったんでしょうね。」

リクのお母《かあ》さんは、沙也加《さやか》さんのお母《かあ》さんであるお姉《ねえ》さんのことを、ポツリポツリと語《かた》り続《つづ》ける。

「なのに、わたしからも連絡《れんらく》しなかった。

結局《けっきょく》、お姉《ねえ》さんのことも、リクのことも、自分《じぶん》からは話《はなし》を聞《き》こうとしていなかった。」

そして、ためいきを一つつくと、さらに言《い》った。

「わたし、お姉《ねえ》さんと話《はな》してみるわ。今《いま》まで何《なに》も力《ちから》になれなかったぶん、お姉《ねえ》さんの助《たす》けになりたいし、それで沙也加《さやか》さんの苦労《くろう》が少《すこ》しでも軽《かる》くなるなら。」

「おば様《さま》……！　ありがとうございます。ほんとうに、ごめんなさい。」

沙也加《さやか》さんは、涙《なみだ》で真《ま》っ赤《か》になった目《め》をぬぐいながら、何度《なんど》もお礼《れい》を言《い》って、あやまった。

その声《こえ》が、ピンとはりつめていた空気《くうき》を少《すこ》しやわらげた。

「あの……、お願《ねが》いがあります。」

わたしは思《おも》い切《き》って、リクのお母《かあ》さんに話《はな》しかける。

「リク君《くん》が『星《ほし》カフェ』に参加《さんか》するのを認《みと》めてもらえないでしょうか。」

みんなの居場所《いばしょ》を作《つく》りたい——。それが、『星《ほし》カフェ』を作《つく》った願《ねが》いだから。

「そうねえ……。」

リクのお母《かあ》さんは、少《すこ》しのあいだ考《かんが》える。

「ぼくからもお願《ねが》い！　ココさんたちの家《いえ》には、ピアノもあるんだよ！　ユウト君《くん》といっしょに弾《ひ》いて、初《はじ》めてピアノって楽《たの》しいって思《おも》えたんだ。塾《じゅく》にはちゃんと行《い》くから。」

リクが、両手《りょうて》を合《あ》わせてお願《ねが》いする。

「……わかったわ。こんなにうれしそうに話《はなし》をするリク、ひさしぶりに見《み》た気《き》がするもの。」

よかった、リクがちゃんとお母《かあ》さんに気持《きも》ちを話《はな》せて。

そして、正式《せいしき》に『星《ほし》カフェ』に参加《さんか》できることになって――。

リクをおどしていたという疑《うたが》いが晴《は》れ、ようやく解放《かいほう》されたわたしとルルは、こんどは堂々《どうどう》と正面《しょうめん》の玄関《げんかん》から外《そと》へ出《で》る。

ルルがふりかえって、立派《りっぱ》な建物《たてもの》をしみじみとながめる。

「あたしたち、こんな豪邸《ごうてい》の中《なか》で追《お》いかけっこしてたんだね。」

あんな騒動《そうどう》が起《お》こっていた場所《ばしょ》とは思《おも》えないほど、豪邸《ごうてい》は静《しず》かに、そしておごそかに建《た》っている。

「ルル、助《たす》けに来《き》てくれてありがとう。わたし、あやうく犯人《はんにん》にされるところだったよ。」

わたしひとりじゃ、どうにもできなかった。

「あったりまえじゃないの！

それにしてもあたしに連絡《れんらく》してくれたリク君《くん》の機転《きてん》もおみごとだったし、中学生《ちゅうがくせい》たちから事情《じじょう》を聞《き》いて真相《しんそう》をつきとめたユウト君《くん》もすごいよね！」

ルルが興奮《こうふん》した様子《ようす》で言《い》う。

そうだ、ユウト君《くん》にお礼《れい》を言《い》わなくちゃ！

時計《とけい》を見《み》ると、夜《よる》の七時半《じはん》を回《まわ》ったところだった。

「ねえ、ユウト君《くん》への報告《ほうこく》をかねて、臨時《りんじ》『星《ほし》カフェ』をしようよ。」

「あたしも同《おな》じこと考《かんが》えてた。」

わたしの提案《ていあん》に、ルルはすぐにOK《オーケー》した。

きょうは、かんたんに作《つく》ることができる『チャーハンとかきたまスープ』にしよう。

家《いえ》の冷蔵庫《れいぞうこ》に残《のこ》っていた野菜《やさい》とベーコンをきざんで、ごはんといためればできあがり！

「なんだか、こうばしいにおいがするなあ。おなかすいた〜。」

ユウト君《くん》は、リビングに入《はい》ってくるなり鼻《はな》をクンクンさせる。

「ユウト君《くん》、きょうはほんとうにありがとう。おかげで、無事《ぶじ》に帰《かえ》ってくることができたよ。」

わたしはお礼《れい》を言《い》って、ユウト君《くん》とわかれてからの出来事《できごと》を一通《ひとどお》り話《はな》した。

「そうか、リク君《くん》、よかったね。」

ユウト君《くん》は笑顔《えがお》でそう言《い》うと、かきたまスープを口《くち》に運《はこ》んだ。

「つかれた体《からだ》に、スープのやさしい味《あじ》がしみるぅ〜。」

なんだか、きょうはいろんなことがありすぎた。

とつぜん部屋《へや》に閉《と》じこめられたり、無我夢中《むがむちゅう》で逃《に》げ回《まわ》ったり……。

こんな体験《たいけん》、初《はじ》めてだ。

「まあ、たいへんなことにまきこまれちゃったけど、無事《ぶじ》に帰《かえ》れたし、なかなか貴重《きちょう》な経《けい》験《けん》だったよね！

それに、リク君《くん》やお母《かあ》さんや沙也加《さやか》さんも、おたがいに気持《きも》ちを伝《つた》えられてよかったんじゃない？」

まるで楽《たの》しい思《おも》い出《で》のようにルルが言《い》うので、わたしとユウト君《くん》の気持《きも》ちも明《あか》るくなり、思《おも》わず笑《え》みがこぼれる。

こうして、わたしたちの長《なが》い長《なが》い一日《いちにち》が終《お》わった。


翌週《よくしゅう》の金曜日《きんようび》——。

「こんにちは！」

わたしの家《いえ》の玄関《げんかん》には、元気《げんき》いっぱいのリクが立《た》っていた。

「リク君《くん》!?　塾《じゅく》は？」

「塾《じゅく》に行《い》く代《か》わりに、沙也加《さやか》お姉《ねえ》ちゃんに教《おし》えてもらうことにしたんだ。そうすれば、時間《じかん》を調整《ちょうせい》できるし、沙也加《さやか》お姉《ねえ》ちゃんのアルバイト代《だい》にもなるし。」

なるほど！　それなら……。

「ようこそ、『星《ほし》カフェ』へ!!」

（おわり）

あとがき

今回《こんかい》で、いよいよ完結《かんけつ》の「星《ほし》カフェ」シリーズ、最後《さいご》まで読《よ》んでくださり、ほんとうにありがとうございました。

二〇一八年《ねん》に「夜《よる》カフェ」シリーズからスタートした、「みんなでごはんを食《た》べる場《ば》所《しょ》」をテーマにした物語《ものがたり》の第《だい》二弾《だん》が『星《ほし》カフェ』でした。

みんなでごはんを食《た》べると、ふだんは言《い》えないことまでなぜか話《はな》してしまっていたり、あまり笑顔《えがお》を見《み》せない人《ひと》が笑《わら》っていたり……。

もちろん最初《さいしょ》は緊張《きんちょう》したりもするけど、わたしの日々《ひび》の体験《たいけん》から、みんなでごはんを食《た》べるって、心《こころ》にも栄養《えいよう》になるんだなあと実感《じっかん》したことから始《はじ》まりました。

毎巻《まいかん》、感想《かんそう》もたくさんいただきました。

「『夜《よる》カフェ』ではリョウマ君《くん》、『星《ほし》カフェ』ではアオ君《くん》推《お》し。どっちもカッコイイ！」

「最初《さいしょ》は引《ひ》っ込《こ》み思案《じあん》で、わたしに似《に》ていたココが、どんどん積極的《せっきょくてき》でたくましくなっていくので、わたしもがんばらなきゃと励《はげ》まされています。」

「倉橋先生《くらはしせんせい》の物語《ものがたり》、たま先生《せんせい》のイラスト、最高《さいこう》です!!」


こうしたおたよりに、ずっと励《はげ》まされてきました。ただただ感謝《かんしゃ》しかありません。

『夜《よる》カフェ』がスタートしてから、もう六年《ねん》あまりが過《す》ぎているんですね。めちゃ早《はや》い！

その間《あいだ》に、東京《とうきょう》とパリでのオリンピックが行《おこな》われて、日本中《にほんじゅう》が盛《も》り上《あ》がりました。

その反面《はんめん》、コロナが流行《りゅうこう》したり、自然災害《しぜんさいがい》が発生《はっせい》したり、大変《たいへん》なことも数々《かずかず》……。

わたし自身《じしん》も引《ひ》っ越《こ》しをして、新《あたら》しい環境《かんきょう》の中《なか》で暮《く》らすことになりました。

坂《さか》が多《おお》い場所《ばしょ》なので、どこに行《い》くにも坂《さか》を上《のぼ》るか下《くだ》るかしなければならず、最初《さいしょ》のころはハアハアと大《おお》きな息《いき》を吐《は》きながら、どうなることやらと不安《ふあん》でいっぱいでしたが、慣《な》れてくると、さっさと坂《さか》を上《のぼ》れるようになり、足腰《あしこし》も強《つよ》くなった気《き》がします。

すると、近所《きんじょ》には歴史的《れきしてき》な建物《たてもの》がいろいろあることがわかり、散策《さんさく》するのが楽《たの》しくなってきました。

なんでもあきらめずに挑戦《ちょうせん》することが大事《だいじ》なんだと実感《じっかん》している今日《きょう》このごろです。

さて、今回《こんかい》は最終巻《さいしゅうかん》にちなみ、二《ふた》つのサプライズを用意《ようい》しました。

一《ひと》つは、「中日《ちゅうにち》こどもウイークリー」で連載《れんさい》された『星《ほし》カフェ』の番外編《ばんがいへん》、『ぼくの居場所《いばしょ》』を若干《じゃっかん》の修正《しゅうせい》を加《くわ》えて全編掲載《ぜんぺんけいさい》させていただきました。

なので、また一味《ひとあじ》ちがう『星《ほし》カフェ』も楽《たの》しんでいただけるかなと思《おも》います。

もう一《ひと》つのサプライズは、物語《ものがたり》を読《よ》んでいただけたらわかりますが、『夜《よる》カフェ』のメンバーが登場《とうじょう》していることです。

『夜《よる》カフェ』から読《よ》み続《つづ》けてくださったみなさんに喜《よろこ》んでもらえたらと、願《ねが》ってやみません。

それにしても、もう終《お》わってしまうなんて、さみしすぎる～！

また、たま先生《せんせい》のイラストが、毎巻《まいかん》ほんとうにステキで、ココやルルはもちろん、ユウト君《くん》やアオ君《くん》など、いつも見《み》とれてしまうほどでした。

たま先生《せんせい》、素晴《すば》らしいキャラクターの数々《かずかず》、ほんとうにありがとうございました。

またぜひいっしょにお仕事《しごと》させてくださいね。その時《とき》が来《く》るのを楽《たの》しみにしています。

そして、編集《へんしゅう》を担当《たんとう》してくださっている講談社《こうだんしゃ》のぽにゃらT《ティー》さんには、長年《ながねん》にわたってお世話《せわ》になりっぱなしです。いつも細《こま》やかで的確《てきかく》なアドバイスをありがとうございます。

さらには校閲部《こうえつぶ》のみなさま、さすがプロとしか言《い》いようのない素晴《すば》らしい校正《こうせい》に、毎回頭《まいかいあたま》が下《さ》がりました。心《こころ》から感謝申《かんしゃもう》し上《あ》げます。

最後《さいご》になりましたが、現在《げんざい》、新《あたら》しいシリーズを企画中《きかくちゅう》です。どうか楽《たの》しみにしていてくださいね。また会《あ》える日《ひ》を心《こころ》から楽《たの》しみにしていますね〜。お元気《げんき》で！

倉橋燿子《くらはしようこ》

＊著者紹介

倉橋燿子《くらはしようこ》

広島県生まれ。上智大学文学部卒業後、出版社に勤める。その後、フリーの編集者、コピーライターを経て、執筆活動をはじめる。おもな作品に、『パセリ伝説（全12巻）』『パセリ伝説外伝　守り石の予言』『ラ・メール星物語（全５巻）』『ポレポレ日記《ダイアリー》（全５巻）』『夜カフェ（全12巻）』『生きているだけでいい！　馬がおしえてくれたこと』『小説　聲の形（全２巻　原作・大今良時）』（いずれも講談社青い鳥文庫）、『小説　映画　なのに、千輝くんが甘すぎる。（原作・亜南くじら／脚本・大北はるか）』（講談社KK文庫）、『倉橋惣三物語　上皇さまの教育係』（講談社）、『風の天使《エンジェル》』（ポプラ社）などがある。

＊画家紹介

たま

岩手県出身。2009年、イラストレーターとして活動開始。初音ミクなどボーカロイドのイラストを数多く手がける。

児童書のさし絵に『夜カフェ（全12巻）』などがある。

スマホゲーム「＃コンパス～戦闘摂理解析システム～」のマルコス'55のキャラクターデザインも手がける。

「あなたがいたから」は書き下ろしです。「番外編　ぼくの居場所」は、二〇二四年四月～二〇二四年九月に「中日こどもウイークリー」で連載された作品に加筆・修正したものです。

読者のみなさまからのお便りをお待ちしています。
下のあて先まで送ってくださいね。
いただいたお便りは、編集部から著者へおわたしいたします。
〒112-8001 東京都文京区音羽2-12-21 講談社 青い鳥文庫編集部

講談社 青い鳥文庫

星《ほし》カフェ
あなたがいたから
倉橋燿子《くらはしようこ》

2025年1月15日 第1刷発行

(定価はカバーに表示してあります。)
発行者 安永尚人
発行所 株式会社講談社
東京都文京区音羽2-12-21 郵便番号112-8001
電話 編集 (03) 5395-3536
販売 (03) 5395-3625
業務 (03) 5395-3615
N.D.C.913 284p 18cm
装 丁 大岡喜直 (next door design)
久住和代
印 刷 TOPPANクロレ株式会社
製 本 TOPPANクロレ株式会社
本文データ制作 講談社デジタル製作
KODANSHA

ISBN978-4-06-538006-2

大人気シリーズ!!

『星《ほし》カフェ シリーズ』

倉橋燿子《くらはしようこ》／作　たま／絵

・・・・・・・・ ストーリー ・・・・・・・・

ココは、明るく運動神経バツグンの双子の姉・ルルとくらべられてばかり。でも、ルルの友だちの男の子との出会いをきっかけに、毎日が少しずつ変わりはじめて。内気なココの、恋と友情を描く！

新しい
自分を
見つけたい！

主人公
水庭湖々《みずにわここ》

『小説《しょうせつ》 ゆずのどうぶつカルテ シリーズ』

伊藤《いとう》みんご／原作・絵　辻《つじ》みゆき／文
日本《にっぽん》コロムビア／原案協力

・・・・・・・・ ストーリー ・・・・・・・・

小学５年生の森野柚は、お母さんが病気で入院したため、獣医をしている秋仁《あきひと》叔父さんと「青空町わんニャンどうぶつ病院」で暮らすことに。 柚の獣医見習いの日々を描く、感動ストーリー！

動物ニガテ
なんですけ
ど〜〜〜!!

主人公
森野《もりの》 柚《ゆず》

『ひなたとひかり
シリーズ』

高杉六花《たかすぎりっか》／作　万冬《まふゆ》しま／絵

・・・・・・・・ ストーリー ・・・・・・・・

平凡女子中学生の日向は、人気アイドルで双子の姉の光莉《ひかり》をピンチから救うため、光莉と入れ替わることに!!　華やかな世界へと飛びこんだ日向は、やさしくほほ笑む王子様と出会った……けど!?

入れ替わる
なんて
どうしよう！

主人公
相沢日向《あいざわひなた》

『黒魔女《くろまじょ》さんが通《とお》る!!
&
6年《ねん》1組《くみ》 黒魔女《くろまじょ》さんが通《とお》る!!
シリーズ』

石崎洋司《いしざきひろし》／作
藤田《ふじた》 香《かおり》&亜沙美《あさみ》／絵

・・・・・・・・ ストーリー ・・・・・・・・

魔界から来たギュービッドのもとで黒魔女修行中のチョコ。「のんびりまったり」が大好きなのに、家ではギュービッドのしごき、学校では超・個性的なクラスメイトの相手、と苦労が絶えない毎日！

早くふつうの
女の子に
もどりたい。

主人公
黒鳥千代子《くろとりちよこ》
（チョコ）

「講談社《こうだんしゃ》 青《あお》い鳥文庫《とりぶんこ》」刊行《かんこう》のことば

太陽《たいよう》と水《みず》と土《つち》のめぐみをうけて、葉《は》をしげらせ、花《はな》をさかせ、実《み》をむすんでいる森《もり》。小《こ》鳥《とり》や、けものや、こん虫《ちゅう》たちが、春《はる》・夏《なつ》・秋《あき》・冬《ふゆ》の生活《せいかつ》のリズムに合《あ》わせてくらしている森《もり》。森《もり》には、かぎりない自然《しぜん》の力《ちから》と、いのちのかがやきがあります。

本《ほん》の世界《せかい》も森《もり》と同《おな》じです。そこには、人間《にんげん》の理想《りそう》や知恵《ちえ》、夢《ゆめ》や楽《たの》しさがいっぱいつまっています。

本《ほん》の森《もり》をおとずれると、チルチルとミチルが「青《あお》い鳥《とり》」を追《お》い求《もと》めた旅《たび》で、さまざまな体験《たいけん》を得《え》たように、みなさんも思《おも》いがけないすばらしい世界《せかい》にめぐりあえて、心《こころ》をゆたかにするにちがいありません。

「講談社《こうだんしゃ》 青《あお》い鳥文庫《とりぶんこ》」は、七十年《ねん》の歴史《れきし》を持《も》つ講談社《こうだんしゃ》が、一人《ひとり》でも多《おお》くの人《ひと》のために、すぐれた作品《さくひん》をよりすぐり、安《やす》い定価《ていか》でおおくりする本《ほん》の森《もり》です。その一さつ一さつが、みなさんにとって、青《あお》い鳥《とり》であることをいのって出版《しゅっぱん》していきます。この森《もり》が美《うつく》しいみどりの葉《は》をしげらせ、あざやかな花《はな》を開《ひら》き、明日《あす》をになうみなさんの心《こころ》のふるさととして、大《おお》きく育《そだ》つよう、応援《おうえん》を願《ねが》っています。

昭和《しょうわ》五十五年《ねん》十一月《がつ》

講　談　社